狐媚记

[日] 涩泽龙彦 著

夏言 译

四川人民出版社

译者序

　　国内读者认识涩泽龙彦，可能相当一部分是托了三岛由纪夫的福：涩泽既为三岛的《萨德侯爵夫人》等作品撰写过后记，又写作了《三岛由纪夫追记》等一系列文章，因此很多三岛的粉丝会顺便追到他这里来。另有一些读者可能是借了《文豪野犬》的东风，隐约记得这个文豪的名字，偶然在书店里看到，就顺手拿起了这本小书。当然更多读者可能只是恰好被书名或封面撩起了兴趣。无论出于哪种情况，我都由衷地感到高兴，因为你已经走到一条通往神异世界的隧道口了，就像《千与千寻》里的千寻一样。进入与否，由你决定。

　　要说涩泽世界如何光怪陆离，很多人会马上联想到萨德侯爵，因为是涩泽将萨德的书译介到了日本，并因此吃了官司赔了钱。但正如森茉莉在写给三岛的文字里所说："(《＜萨德侯爵夫人＞后记》)里面描写的萨德侯爵既纯真，像个心无尘垢的孩子，又可怕，性格里仿佛有个怪物。他干尽坏事——类似小孩用刀切、用火烧虫子那样的事情。"涩泽通过萨德作品所看到的，并非单纯的情色旖旎，而是人性中如孩童恶作剧一般的"非道德性"。这种"非道德性"也不是要摧毁一切道德标准，而是要大家意识到："道德是一种相对的东西，是从一个国家和地域的风俗以及习惯衍生出来的。"（涩泽龙彦《快乐主义哲学》）因此，自然的"人性"当中一定存在许多无法被"道德"明确界定的、处于模糊状态的东西，而这也就是涩泽作品描写的范畴。

这本小书中收录的六个故事，显然就带着这样一种孩童感、模糊感。如第一篇《睡美人》的主角旋毛丸是个织田信长般的人物：打小是个"混世魔王"，长大后则与山贼为伍，甚至劫掠走同父异母的妹妹据为己有，老年时却成了可差遣精灵的得道高僧。《狐媚记》则讲述了一个男人的嫉妒心如何伤害了他的妻子，并铸成了自己后代的悲剧。《梵论子》对男女性别进行了合并，《化魇记》则将现实和梦境进行了倒置，《画美人》更是将画中世界和现实世界进行了交融——从这个角度看，或可说涩泽是《聊斋志异》里《画皮》的异域传人。说到这里想友情提醒一句：这些故事里的确处处可见中国古代志怪的影子，但你若因此便以为是熟悉的套路，恐怕要被带到阴沟里。因为故事的走向绝对超出你的想象。至于是怎样的走向，就请各位自己看吧！

译者
2019 年 8 月 11 日

目　录

睡美人

去找奥尔兰丝。[1]

——阿尔蒂尔·兰波

后白河法皇[2]院政[3]时期，住在京城的某位中纳言有一个女儿，名字叫珠名姬。

山中所产石头的精魂可称为玉，海中所产贝壳的精魂可称为珠。虽说有如玉的男孩这样的说法，但其实未必一定是男配玉、女配珠。不过，不管怎么说，珠名姬的确从年幼的时候起，就拥有了人如其名的美貌，小巧玲珑，宛如用珍珠雕刻而成。她那皮肤的颜色透明得几若发青，让

---

1. 兰波《H》一诗的最后一句，H 即 Hortense，也就是奥尔兰丝。一说 Hortense 指 Hortense de Beauharnais，奥尔兰丝·德·波阿尔奈，即拿破仑三世的母亲。
2. 后白河天皇（1127—1192），日本平安朝末期第 77 代天皇。1169 年 6 月出家，因称法皇。法皇是"太上法皇"的简称，也可简称为"上皇"，是对出家的天皇的尊称。
3. 指天皇出家后，将天皇之位传给继任者，自身以"太上天皇"身份直接摄理政务。因为出家后称"院"，所以这种执政方式便叫院政。1158 年，后白河天皇将皇位让给二条天皇，开启院政。

人不由得想到某种贝类的珍珠层。而且那皮肤之下仿佛摇曳着若有一阵微风吹过便会立即熄灭似的小小烛火，于是看起来便有了一种贝壳的青色被底下的火焰微微照亮的风致。真不知道这应该被称为生命之火的烛火什么时候就会熄灭。要说虚幻可再没有比这更让人觉得虚幻的了。在被这样虚幻的美夺走目光之前，人们便不由得担心珠名姬的未来，不知不觉间染上了哀伤的情绪。

　　而珠名姬在那座位于三条坊门的宽敞宅邸里度过的幼年时代，也很难称得上明媚。她出生后还不到一个礼拜，她的母亲就匆匆谢世了。于是连生身之母都未曾见过的珠名姬，只得在父亲雇佣的乳母手上被抚养长大。下面先来讲讲这位母亲的故事吧。

　　珠名姬的母亲继承了古老的伊予国[1]豪族越智氏的血脉，这是个以濑户内海的大三岛为根据地繁荣发展起来的家族。珠名姬的父亲中纳言以国司的身份在伊予国任职期间，对她的母亲产生了爱慕之情，并在四年的任期结束后带着她的母亲回到京城，也就是所谓的准备迎立为正室。可以看出，珠名姬的母亲就是有着堪当如此厚遇的姿色与高贵的门第。然而，正如在南国的海边生长的植物，若移植到北国便只能枯萎一般，这位女子无论如何都不能适应京城的水土：说到寒冷就怨恨不停，说到暑热就叹息连

---

1. 日本古代令制国之一，位置大概在现在日本四国的爱媛县地区。

连，眼看着身体就憔悴下去了，至于厚厚的积雪掩盖下的京城街道，则简直使她感到恐惧。

至今在她的眼底留下深刻烙印的景象，是梅雨后的南风吹拂着的小丘上的故乡；是从小丘上的老家往下眺望到的枝繁叶茂的楠树；是船只熙熙攘攘往来的小岛港口。遣隋使、遣唐使的船也好，从唐国[1]过来的船也好，都一度将这里作为必经之地。"舟行苇草间，隐隐猎渔行。蓦然窥见处，三岛[2]火尚明。"一如曾经造访小岛的藤原佐理[3]所歌咏的那样，这里的海上，即便是夜间，舟船的渔火也不会断绝。如果能在这样的土地上生活，想必珠名姬的母亲也会像前文所说的植物那样重获生机吧。

然而在京城里的所见所闻都叫人生厌。这位女子在弃世之前，一直隐居在对屋[4]中，终日连窗都不开。很明显是罹患了某种忧郁症。在生珠名姬的产床上，她也确实经历了血流不止这般凄惨之事。照一般的意见，缩短了她的生命的，是背井离乡的伤心导致的神经衰弱；然而也有人得意扬扬地主张另一种说法，这种流言的滋生无疑正是源

---

1. 即中国，下同。
2. 这里指爱媛县的大三岛神社。据传说，藤原佐理曾在伊予国附近遇到狂暴海风，梦中受三岛明神指引，来到大三岛神社，并为神社题写匾额。
3. 藤原佐理（944—998），平安时代中期著名书法家，与小野道风和藤原行成并称"平安三迹"。
4. 指在正屋的两侧和对面修建的、与正屋相对独立的建筑，通过廊道等和正屋连接。

自她在产床上的样子。照这种说法，她其实是被人下毒害死的，而下毒的人则是一位曾经蒙中纳言宠爱的、以前在天皇寝宫侍奉的女官。当然，毒药本应将妊娠中的母体和腹中婴孩的生命一起夺走的，然而不知道是因为下毒的人在调配毒药时发生了失误，还是因为要在同一副灵枢里收纳母子两人的尸体实在太过悲惨，所以命运之神暗中做了手脚，总之，结果意外的是只有母亲死了，珠名姬却勉勉强强地活了下来。

珠名姬从幼儿时期起就拥有的那种苍白肌肤，以及叫人担心其未来的虚幻模样，有可能就是杀了她母亲的毒药引起的后遗症。

然而能反映出中纳言家内复杂情况的，可不只是下毒这一件事。母亲去世后，珠名姬就被乳母默默地抚育长大。而在她居住的三条坊门的宅子里，还有一个不知道什么时候被人带来的男孩子，好像也是从伊予国来的。世人猜测，这孩子大概是好色的中纳言在做国司的时候，和伊予国的另一个女人生的。换句话说，这孩子应该是珠名姬同父异母的哥哥。

这个男孩子比珠名姬大三岁，名字叫旋毛丸。虽然正式的写法应该是"廻毛丸"，但是这么写实在太麻烦了，这里就索性用简写[1]吧。也不知道是谁说的，总之根据流

---

1. "旋毛丸"日文原作"つむじ丸"，和"廻毛丸"的汉字读法一样，是后者的假名写法，所以作者的意思是采用假名写法。这里姑且处理成"简写"。

言，就是因为这孩子的头上长了三个旋儿，所以他父亲才给他起了旋毛丸这么个古怪的名字。

"你这家伙，好像长了三个旋儿？哎呀，还真有这么奇怪的家伙呀！过来让我瞅瞅。"

尽管有传言说旋毛丸是中纳言的私生子，但因为他在宅子里不曾得到过一点儿尊重，所以经常被家里的人像这样无所顾忌地戏弄，甚至还有人很不礼貌地把手伸到他垂着的头发里。

旋毛丸是个有着同珠名姬一样苍白容貌的少年，但是和外表看起来相反，他的脾气固执又倔强，一旦不小心惹恼了他，就会变得一发不可收拾。之所以这么说，是因为有下面这类轶事。在旋毛丸七岁左右的时候，有一回他咬住了一个少年的小指头，那少年远比他膂力强悍，年纪也比他大得多，可他无论如何就是不肯松口，以至于最后竟把那小指头咬了下来，结果再没人敢在他面前无所顾忌地提什么要看他的发旋儿的话了。

十五岁以后，旋毛丸的荒唐放荡就已经让人看不下去了。他在凋敝的江口附近，骑马流连于娼馆，因为没给任何人添麻烦，这还算是好的。可是很快，他就开始勾搭盘踞在驿站的游女，勾引站在街头的白拍子[1]艺人，甚至还把她们拖到京都宅邸的壶屋[2]里，一会儿兴高采烈地比赛

---

1. 平安时期兴起的一种歌舞，也指以此为业的艺伎。
2. 主屋旁边附属盖的小屋，属于放杂物的房间之类的。

读经，一会儿唱流行歌谣，整夜整夜地大声喧哗。

冠者公子，女婿公子，

喜欢什么颜色？穿着什么花纹？

可是薄青色吗？可是金黄色吗？

可是留擦花纹？还是渐变蓝色？

还是三角柏纹？还是空竹花纹？

还是套环花纹？还是浪人结纹？

还是交缬染法？还是前垂扎染？ [1]

"哎呀，冠者女婿公子，快喝一杯呀！"

"这所谓的女婿，又是谁的女婿呀？莫不是珠名姬的女婿呀？这可真是合适的一对儿呢！"

"女婿倒可说是女婿，要说旋毛丸是冠者公子可不行哟！因为他还没有到元服[2]的年纪，还是童发垂鬌呢！"

虽说大部分都是女人们进进出出，但其实旋毛丸是被做傀儡师[3]的男人们俘获了，只是无论如何都没办法厚着脸皮把他们拉到宅邸里而已。旋毛丸学会抖空竹，大概也是和傀儡师频繁往来的结果。

---

1. 这段歌词见载于平安末期编成的歌谣集《梁尘秘抄》。作者在引用时有字词缺漏，现据原文翻译并补全。
2. 古代日本公家或武家的男孩子的成人礼，第一次穿成人的服饰，头发束起来戴上冠帽，所以元服后的男子才可称为"冠者"。
3. 平安时代以来，一边摆弄人偶一边唱歌，以此巡游四方的艺人。

所谓空竹，大概可以想象成是这样一种玩具：把一种形状像细腰鼓的陀螺放在两根棒子间拉紧的线上，让它一边旋转，一边往空中高高地跳起。而让空竹旋转起来，就称为抖空竹。有一天，旋毛丸正在中庭里不停地抖着空竹，而对屋竹帘的背后，珠名姬好奇的眼睛则目不转睛地凝望着这边。她的脸上浮现出若有若无的微笑，心里想着：虽说头上的毛打旋儿，可也没必要就转起陀螺来吧？正想的时候，忽然听见附近响起了谁的脚步声，公主把眼睛往渡廊的方向一望，只见中纳言一脸非常厌恶的表情站在那里。

"没用的东西！扮傀儡师也要适可而止！"

一口气说完这些话后，中纳言就立即转身离开了。他的身体已经可悲地发了福，难以想象这还是那个曾经以好色闻名的男子。

一直到十四岁之前，珠名姬的日常生活都单调得很。因为从母亲那里继承了忧郁的性格，所以珠名姬对外出采草、捕萤火虫这类娱乐都没有兴趣，况且她也并没有合适的游戏伙伴，结果就是整天闷在房间里。她最喜欢的游戏是"合贝"[1]，不过这个游戏既没有对手，也不争胜负，只

---

1. 原文为"貝覆い"，也称"貝合わせ"，从平安时代流传下来的一种女性玩的游戏。选用恰适合女性手掌大小的贝壳，内部以金箔等饰以绚丽彩绘，同一贝壳左右片的绘画相同。游戏时，以贝壳尖端向前、弧端向己，放在地上。右片称为"出贝"，代表阴；左片称为"地贝"，代表阳。出贝和地贝象征不同的天象、男女际会等，收在不同的贝匣里，并根据天文历法等制定具体玩法规则。

是一个人从两个贝匣里一个接一个地拿出地贝和出贝，随意地排列在草垫子上而已。如果碰巧拿出来的两片贝壳可以合成一对，不知为什么，珠名姬就会感觉贝壳里好像困着灵魂似的，心脏猛地悸动起来。所以对她而言，还是把贝壳收拾回贝匣里这事更让她喜欢。据说，地贝是沿着顺时针方向摆的，出贝则是沿着逆时针方向摆的，于是贝壳们就像画螺旋那样一个一个叠起来，收在贝匣里。珠名姬一心一意地把贝壳叠起来，这般机械的工作倒是很合她的性子。于是，待珠名姬在贝匣里完成了美丽的螺旋后，不经意间，她想到了旋毛丸的脑袋。

显著衰老的中纳言，也不知道是转了性子，萌生了向佛之心，还是单纯只是为了赶时髦，某一天，他突然在宅子里修了一个五间[1]见方的阿弥陀堂[2]。珠名姬非常喜欢这个阿弥陀堂，于是便待在里面整日不出来。

在阿弥陀堂的墙壁上，挂着一幅《来迎图》，画面以浩渺的水面为背景，描绘着乘云驾雾的阿弥陀佛和诸菩萨飞来的景象。最前头的观音菩萨持奉紫金莲台，紧随其后的势至菩萨将华盖遮于观音菩萨头上，斯时斯刻，众圣贤正为前去接迎临终的念佛修行者而飞于空中。云雾的涌动

---

1. 日本古代长度单位，不同时代的长度不一样，据 1891 年的规定，1 间约等于 1.818 米。
2. 一种表现阿弥陀佛居住的极乐净土的古代建筑。基于平安中期兴起的净土信仰，主要由平安贵族建造。内部置有金色的阿弥陀佛像，墙壁上绘有色彩浓烈的净土景象。

充满怪异的速度感，注目凝视便会感到头晕目眩。珠名姬并没有什么菩提心，然而在昏暗的佛堂中，这幅表现了不可思议的天空景象的绘画，每次触目，都会让她的心里怦怦直跳，感到战栗：那个莲台，我也可以坐上去吗？如果乘着那个莲台，遨游于云雾之上，就这么被送到极乐净土去，那感觉该多么好啊！

再仔细一瞧，这幅《来迎图》中还画着一杆光彩夺目、好像长长的旗子似的宝幡，而那高悬宝幡的云上还乘着一个小小的童子。那童子嘴唇紧闭，像个倔强的小淘气鬼一样。不过那童子的脸，珠名姬越看越像是旋毛丸，怎么看怎么像。因为总觉得非常可笑，这时候珠名姬不意间张开了嘴，接着就在她耳边响起了声音：

"呀，公主笑了，公主笑了呀！"

哪儿来的声音？这声音出现的瞬间，珠名姬就马上转身向后看去。本来佛堂内就一个人都没有，也不可能有。那可能就是幻听吧？大概就是幻听。珠名姬带着不解的神情，在这人影绝迹、重归静谧的阿弥陀堂，在这午后昏暗的空间里，久久地，宛如做梦一般地，逡巡着目光。

就像是那贝壳般的皮肤下火苗被风吹熄了一般，毫无预兆地，宛若沉睡一般，珠名姬香消玉殒了。这件事发生在热热闹闹地举行珠名姬的十四岁成人礼[1]的那年。明明到前一天为止她都还非常健康，甚至平素讨厌外出的她，还难得地在三四个女官的陪伴下到清水寺进了香，而且她连病床都没有卧，到了第二天竟已经溘然长逝了，这不得不说是件太奇怪的事。

代替双亲抚育珠名姬的乳母和女官们含泪为她除去了衣裳，用浸泡过檫叶[2]的水为她清洗了身体，并给她穿上了新的衣裳。虽然对于身故的女性来说，这衣裳太过华丽，甚至华丽得不合时宜——那是为珠名姬的成人礼特地缝制的一套鲜艳夺目的丸纹赤浮织的绚烂唐衣。至少让薄命的珠名姬穿一次礼服[3]吧！这自然是出于乳母和女官们的父母心。之后便焚了沉香，在铺了金线织锦的灵柩里安置好珠名姬的遗体。借枕边燃起的灯火看去，只觉那灯火映照下宛若燃烧的服饰的颜色，水润欲滴的黑发，再加上气绝后愈发白得透明的肌肤的颜色，竟激发出一种直教人感到窒息的妖艳风情。

在珠名姬身故后的第三天，应其父亲中纳言的邀请，

---

1. 原文为"裳着の式"，是平安时代到安土桃山时代之间，女性成人礼的叫法。江户时代以后，武家和平民的女性的成人礼，也和男性一样称为"元服"。
2. 即日本莽草，日本佛教称为檫，因为檫叶可以散发自然香味，所以被用于代替莲花供佛等。
3. 原文为"晴装束"，指平安时代以来，在举行仪式或典礼时，人们所穿的华丽礼服，佩戴的武器，铺设的日用品、礼器，装饰用的马具、车舆等一系列物品。通常所说的"十二单"就是女性的晴装束。

比叡山的某位得道高僧前来为公主回向。高僧开始诵经之前，无意间往灵柩里探头看了一看，结果当即忘了身份和场合，"啊！"地大叫了一声。原来灵柩里面，女子的胸脯正随着每一下呼吸，微弱地上下起伏着。

很明显，珠名姬并没有谢世，她只是陷入了沉沉的昏睡之中。虽然失去了意识，但既然她还持续地呼吸着，这就证明了她还活着。

但是，要想把珠名姬的意识从浓夜般的昏睡深处拉回阳光下，好像无论怎样都做不到。各种办法都尝试过了，却没能奏效。整整七天七夜，珠名姬简直像是在豪华的婚床上睡着了一般横陈在灵柩里，灵柩则安置在宅子里的阿弥陀堂中。而七天七夜里面，僧侣们加持祈祷的声音，充满了整个佛堂。有人吟唱着不动咒[1]拼命祈祷，有人边诵读千手陀罗尼经[2]边不停地按捏佛珠。请来了阴阳家，也施行了可疑的千度祓[3]的念咒祈祷法。然而，珠名姬始终没有从昏睡中醒过来。

在公主的周围，几百支蜡烛红彤彤地燃烧着，灰蒙蒙

---

1. 不动，即不动佛，又称不动如来。不动咒即不动佛心咒，被认为有清除业障的功能。
2. 千手陀罗尼经，全称《千手千眼观世音菩萨广大圆满无碍大悲心陀罗尼经》，《大悲咒》即出自此经。
3. 千度祓，日本镰仓时代初期开始流行的一种除灾消难的仪式，即在神前念诵一千遍中臣祓词，以此涤清罪孽免去灾祸。

的护摩[1]烟雾形成青色的旋涡，低低地密布着。在那烟雾偶尔断开的地方，隐隐约约地浮现起珠名姬那小小的苍白面庞，就像死去了一般一动不动，让人简直难以相信是属于这个世间的。就像死去了一般——是的，如果说珠名姬确实还没有死去的话，那从严格意义上来说，她也不能算是还活着。

且说过了七天七夜，就在领悟到各种办法都没什么效果之后，忽然之间，比叡山高僧那颗脑袋瓜里闪现出一个异想天开的妙招。这个离奇的想法是这样的：做一个四方舆[2]那样的轿子，把公主的灵柩放在轿子上，再叫六个杂役[3]抬着轿子，在京城内外的寺庙间依次巡礼。

所谓的"西国三十三所巡礼"[4]得到组织化，并且一般民众也络绎不绝地参与其中，是在很后面的室町时代中期才开始的。但是在这之前，在平安末期的贵族社会里，以京都为中心，像"七观音诣"[5]之类的灵场巡礼，似乎也曾

---

1. 佛教密宗的修法仪式之一，梵文为 Homa，指以火焚烧供品供奉神灵，祈求天神的护佑。
2. 四方舆，轿子的一种，四根柱子上覆有轿顶，四面则垂着通风的帘子。
3. 指平安时代以后，在关摄家以及各役所处理杂事但是没有官位的人。
4. 西国三十三所指位于近畿大阪府、京都府、奈良县、和歌山县、兵库县、滋贺县和岐阜县的三十三处观音寺院。"西国三十三所巡礼"，就是以这三十三座寺院为领取护身符的灵刹进行参拜巡回，是日本历史最悠久的佛教巡礼，现在仍有很多参拜者。
5. 七观音诣，在日本文化中，受到中国传来的六位菩萨拯救六道生灵观念的影响，衍生出了观音化身七种形态的观念。七观音诣就是在京都七所寺院巡回礼赞七种观音的活动。

风行一时。众所周知，源赖朝为祈祷他的女儿大姬疾病痊愈，曾经带着大姬和妻子政子到清水寺以下的各灵场巡礼。而所谓七观音，虽然没有绝对统一的说法，但应该指的就是六角堂、行愿寺、清水寺、六波罗蜜寺、中山寺、河崎寺、长乐寺。于是，载着珠名姬灵柩的轿子，就由六个健壮的汉子扛着，在这些供奉观音菩萨的寺庙间依序巡行。

如果说是本人靠自己的脚走着巡礼，那倒也罢了，像这样装在灵柩里死了似的浑然不知地给人抬着去巡礼，实在是怪异之极。那脑袋瓜里冒出这个主意的比叡山高僧，可以说是个举世无双的糊涂虫了。

在载着珠名姬的轿子前后，时常跟随着手持弓箭做警卫的武士。而踏访各国名刹古迹的僧人们，也一边敲着钲鼓，一边或前或后地同行。看到这么怪异的一行人，人人都感到非常惊讶：

"哎呀，那是什么呀？多奇怪的一伙儿人！"

其中也有消息灵通的：

"你不知道吗？那是三条的中纳言大人的女儿呀。可怜见的，不知道什么时候就睡了过去，从此不省人事，也不知现在是活着还是死了。看那样子，恐怕就算是有药师佛的眼睛，也没法儿看得准喽。"

"哎呀，这世界上还真有这种事儿呀？"

"所以才说不可思议呀。要么，你就从竹帘的缝隙往里瞄一下她的脸，真像死了一样睡着呢。"

"那不就成了睡美人吗？"

"没错儿，可不就是睡美人嘛！"

轿子上的竹帘，时不时被忽而吹起的风吹卷起来，于是珠名姬那可爱的脸庞，就直接暴露在了众人好奇的目光之下。有时暴虐的风雨会透过竹帘的间隙无情地闯进轿内，有时飞霰又会猛烈地敲击竹箔编制的轿顶。抬轿的一行人把京都城内外的观音灵场巡行完一圈后，接着便把足迹延伸到了近江的石山寺、初濑的长谷寺、纪州的粉河寺，以及茅渟的槙尾寺等地。到了这个时候，珠名姬的传言已经在人们之间广泛传播了，以至于有些对珠名姬的命运心生哀怜的善男信女，竟主动来到行列的前面，双膝跪地，头颅低垂，庄严肃穆地为她念佛。

珠名姬的轿子一路向前走着，或是在秋雾浓浓的西京原野上，或是在草木深深的近江山路上——对此，我并不打算多费感伤的笔墨。因为事实上，珠名姬自己是眼不见心不烦的，至于那些跟着轿子走的家伙，且不要说什么感伤了，像这样今天往东明天往西、全年无休的强行军，他们早就相当厌烦了。很多时候，他们都是在主人看不到的地方串通一气，把轿子往旁边一丢，倒在草地上昏昏欲睡，打发时间。

这场巡礼锲而不舍地持续了三年之久，然而那位当初提议的高僧所期待的效果却一点儿也没显现出来——既没使珠名姬那微微合上的纤薄眼皮有一丝颤抖，也没让她那宛如象牙工艺品一般纤细的手动上一动。父亲中纳言灰心至极，终于不争气地老了，人也变得痴呆起来。

说到这儿，也该讲讲旋毛丸自那以后的情形。

一场原因不明的火灾降临白川河畔的中纳言别邸，导致一位本来和旋毛丸颇为亲密的女官亡命于火海。人们猜想，这纵火犯很可能就是旋毛丸呀！然而与此同时，旋毛丸却从京城里飘然消失了。此后有传闻说，旋毛丸出现在了近江的横田山，用现在的话说，就是当了盗贼团伙的带头老大。虽说旋毛丸打小的言谈举止就像个无赖，但要说堕落到落草为寇的地步，是谁都想象不到。所以对于这个传闻，大家伙儿也是将信将疑。说到底，旋毛丸究竟为什么要投身于盗贼团伙呢？其中的一个原因，很可能是他不知不觉间和傀儡师往来得过于深了。

然而，原因并非只有这一个。要说更深层次的原因，大概就得谈谈旋毛丸之所以成为旋毛丸的 raison d'être[1]，聊聊他那旋毛的话题。比方说，旋毛丸其实是因为有旋毛情结，所以才在无意识里喜欢保持着垂髫状态。说起来，这垂髫的发型，原本乃是山中修行者的发型；同时另一方面，也表达了想要永葆童年这一退行愿望。就像伊吹

1.法语，存在理由。

童子[1]或者说酒吞童子[2]，又是被遗弃在荒山，又是被寺院驱逐，最终不得不走上逍遥法外之路，呼朋引伴，啸聚山林，不也是与他执着于垂髫的发型有关吗？这么看来，山可以说是一个没有时间的世界，而那些坚持垂髫、无所顾忌的山中盗贼，就是保持退行愿望生活的一伙人。

也不知道是不是想要仿效伊吹童子或者酒吞童子，旋毛丸在成为横田山盗贼团伙的带头老大后，就开始自称为天竺童子。

天竺又是什么意思呢？这恐怕也和旋毛丸的傀儡师同伙有关。包括旋毛丸习得的空竹在内，傀儡师表演的那些杂技，一般被认为是经由唐宋时期的中国，从遥远的西域传过来的。不管是西域还是天竺吧，在这里大概都是差不多的概念。

天竺童子一伙屡次三番从横田山的老巢奔出，翻越逢坂山，直抵京城，到处为非作歹。不过既然是盗贼，为非作歹也是理所当然。然而在这些为非作歹中，最让世人震惊，一举让天竺童子之名为世人所知的，乃是接下来要讲的珠名姬诱拐事件。那是后白河法皇已经驾崩，后鸟羽天

---

1. 酒吞童子小时候的名字。
2. 据《御伽草子》，酒吞童子自言其出身于越后国，由山寺抚养长大。另外一种说法是，他是被传教大师或是弘法大使所居住的山放逐出来的。另外也有学者研究认为，酒吞童子在六岁左右被母亲抛弃，在各地流浪后堕入鬼道。

皇 [1] 开始亲政的时代了。

　　之前的某一天，珠名姬轿子的随行众人难得地朝着西山的方向，大老远地跑去乙训的善峰寺 [2]，那个地方有八尺千手观音的本尊。就在长冈 [3] 附近，一行人不小心走进了一片漫无边际的竹林。无数茂盛的竹子从地面向上延伸，靠近顶端的地方，发出簌簌响声的枝叶把天空遮得严严实实。然而竹林的里面，却不可思议地充满明亮的光，空气也让人觉得清澈明净。一行人仿佛被竹林的灵气陶醉了，正漫不经心地走着，只听一阵吧嗒吧嗒，眼前现身的正是骑马的天竺童子一伙。这事太过出人意料，于是担任警备的武士连带扛着轿子的杂役，全被砍杀得一个不留。结果珠名姬就连带轿子一起，被带到不知道什么地方去了。

　　明明从小就在同一个宅子里被抚养长大，旋毛丸对珠名姬却并不抱有什么特殊的感情。不，岂止如此，他甚至都没有认真看过一眼公主，连好好开口说句话的事儿都不曾有过。可尽管如此，一到了这里，一种将公主据为己有的迫切欲望竟突然在他的心里蠢蠢涌动。原因之一，很可能是珠名姬已横陈在灵柩之中，宛如活生生的人偶；原

---

1. 后鸟羽天皇（1180—1239），日本平安末期到镰仓初期的第82代天皇。1192年3月后白河法皇驾崩，1198年1月后鸟羽天皇禅让并开启院政，因此后鸟羽天皇亲政应该指的是1192—1198年之间。
2. 乙训指古代日本山城国境内的乙训郡。善峰寺是西国三十三所中的第20个，也是赏枫的名所。
3. 位于山城国乙训郡。从784年平城京迁都开始，到794年迁都平安京之前，被当作古代日本的都城。

因之二，大概是从他自身来看，将一般说来贵重的、难得手的东西偷走，已经形同一种本分，毕竟他已经入了盗贼这一行。于是两个原因叠加后，此刻已是天竺童子的旋毛丸，便被无论如何都想盗走珠名姬的欲念逼得走投无路。可是，偷走她之后到底要干吗呢？

还有一个问题，就是旋毛丸把珠名姬带到哪儿去了？虽说这是后来才知道的，但让人惊讶的是，他居然把珠名姬带到了伊予国去。

各位要知道，在当时，伊予绝不是什么交通不便的边鄙地区。说到濑户内海的尽头，我们马上会想到源平合战[1]，但即便没有合战，这里和京都之间的船运交通也一直非常频繁。举个例子吧，据说平家一族到严岛神社参拜的次数，粗略估算就多达二十余次。而在天竺童子将珠名姬拐走这事儿的仅仅十年前，就有传说——因为是传说所以不大靠得住——后白河法皇的女儿，也就是那位因为涉嫌参与藏人大夫兼仲之事[2]而出家的式子内亲王，就曾带着松虫、铃虫两位侍女，远道而来，抵达伊予的生口岛。总而言之，大概只要想来，哪怕是女子，也可以很容易地来

1. 又称"治承·寿永之乱"，指发生于平安末期 1180—1185 年间的大规模内乱。斗争的双方，一方是以平清盛为中心的"平氏政权"，另一方则是以源赖朝为中心的反对阵营。当时伊予国的豪族河野通清曾揭竿而起反对平氏政权，双方曾在伊予国交战。
2. 藏人，日本平安时代的一种令外官，担任天皇的秘书性质的工作。兼仲，即橘兼仲，曾伪造已故后白河天皇的神谕，事发后获罪，夫妻一起被流放。

这里。

天竺童子将珠名姬带到了伊予的大长岛——现在好像叫大崎下岛——也就是漂浮在濑户内海上的艺予群岛[1]中的一座。当然,他们应该是乘着舟船上的岛。

可即便如此,旋毛丸又为什么偏偏要选伊予的岛呢?想必他虽然性格强硬,本性却意外地多愁善感,所以他大概可以感知到这座他幼时便被迫别离的岛屿,作为自己的出生故乡,对他发出了呼唤吧。总之这个问题暂且放在一边,还是先把故事讲下去吧。

这就是那座岛了。

岛上差不多从一个月前开始,就因为据说三千年一开的优昙花开花了,从上到下都大为骚动。而事实上,那只不过是很普通的芭蕉花,但经旋毛丸一伙稍微耍了点儿把戏后,就摇身变成了花里胡哨的精巧玩意儿——当然这事儿谁都没发现。这里本就是个气候温暖的小岛,所以芭蕉花之类的其实是想开多少就开多少,然而一旦被告知此为祥瑞,此花一开便有如来转世,岛上的人们就轻易地兴高采烈了起来。这就是旋毛丸最开始的布局,换句话说,也就是戏法的开端。

接着,人们在小岛上某处稍稍隆起的地方,修建了一所曼陀罗堂。再接着,在曼陀罗堂以东大概五十米的地

---

1. 艺予群岛是位于濑户内海西部的群岛。因为从属于广岛县和爱媛县,所以从两县的旧国名即安艺国和伊予国中各取一字,称为艺予群岛。

方，人们又修建了一所娑婆堂。虽然说是修建，但两个都和掘立柱式[1]的小屋没什么两样。再然后，在曼陀罗堂和娑婆堂之间，人们架起了一座长长的木板桥。

"老大，你这到底是要干啥呀？这是要在这板儿上表演杂耍啥的吗？"

面对一个手下的提问，旋毛丸笑道：

"嗯，你倒是看到了关键，可以说是猜得不中也差不太远了。那边儿可以看到曼陀罗堂吧？那个嘛，可以想象成极乐净土。然后这边儿的娑婆堂，这个就是人间世界啦。然后在它俩中间连起来的长长的桥，这就是来迎桥啦。我的想法是：在这个桥上，让阿弥陀佛和他带领的二十五个菩萨一个接一个地过桥来，就是从极乐净土到人间来接迎众生嘛。"

"哦哦。那，这阿弥陀佛和菩萨，就是我们大伙儿来演喽？"

"是啊。"

"这可真好玩儿！这把戏是老大发明的吧？"

"净胡说八道。这叫'迎讲'[2]，是以前一位很厉害的高僧发明的。你们这帮没啥信仰的家伙可能不知道，这玩意儿有段时间在京城可是非常流行。不过呢，有件事儿，在

---

1. 掘立柱式，指在地上挖坑，不用基石，直接将柱子立在土里的建筑方式。
2. 迎讲，即表演念佛者临终之时阿弥陀佛前来接引这一场面的法会。

京都的寺庙之类的地方儿怎么都不可以，但在这儿，我打算让大家伙儿见识见识。毕竟，在这儿，咱们可是有撒手锏呐。"

那个手下抿嘴微微一笑。

"撒手锏哪……我倒更希望说是'宝珠'呢。"

"嗯，说得好！'宝珠'真是说得妙哉。照名字来说，的确是'宝珠'；而要是咱用得好，也是个相当有用的'宝珠'哪。多多地赚钱吧！愚蠢的岛民们跑来顶礼膜拜，把家里那点儿资产都奉献出来——这光景，现在已经出现在我眼前啦！"

"跟横田山的盗贼比起来，那还是邪教教主赚得要多得多吧？老大，可别大意啊！"

终于到了迎讲活动的当天。盗贼团伙的每个人都各自专心地研究起阿弥陀佛或菩萨的装扮，这个把面具罩在脸上，那个把宝冠戴在头上，一群人散乱嘈杂地往小丘上聚拢。

"哎呀？老大咋不戴面具呢？"

"嗯哼，我扮的是天童，就这样就挺好的。"

"天童是啥呀？"

"要说是啥我也说不清楚，大概是介于菩萨和人之间，类似妖怪一类的吧。对了，流行歌谣里不是也有吗？那些诵读《法华经》的人，不是会唱'天诸童子具足，无畏戏耍徒步'什么的吗？"

024

只见旋毛丸身穿一袭用艳丽的红色取染[1]的水干[2]，足裹一双走兽夏毛制成的绑腿，手执一把重藤弓，胯下一匹小小的桃花马。头上照旧是那垂鬐的发式，只是脸上略施了一点淡妆。

在长长的来迎桥的两侧，岛上聚集而来的男女老少已经摩肩接踵地挤成一团，迫不及待地等着接下来即将上演的往生极乐的庄严演出。

旋毛丸从容不迫地催马上前，抬高声量，唱道：

听啊，西方世界的天空

伎乐歌咏之外的声响

看啊，碧绿的山之彼端

云光遥遥地照耀万方

光云终于来到近旁

瞻仰吧，我佛阿弥陀如来

容貌完美不消多讲

便好似那位金山王

乌瑟腻沙高耸端庄

碧绿之间天空晴朗

---

1. 绞染的一种方式，即在染布时以细细的横线为间隔，使得布的一部分不会染色，从而产生一种独特的花纹。
2. 水干，日本平安时代男子衣装的一种，女性中则主要是白拍子艺人才会穿着。

不一会儿，只见花瓣从空中飞舞飘落，空气中弥漫着异香，人们正想着是不是该从曼陀罗堂撒出五色丝线时，却见盗贼团伙的每个人都戴着众圣贤的面具在桥上盛装登场。打头的是手捧莲台的观音菩萨，旁边站着的是手擎华盖的势至菩萨，众菩萨环绕着背负巨大光轮的主佛，各人手中都响着乐器，做出手舞足蹈的姿态。而每当他们舞动起来，那半裸的胸前垂挂的璎珞——用现代的话说叫项链——就会摇晃起来，灿烂闪亮。乐器有琴、琵琶、箜篌等弦乐器，也有横笛、笙、筚篥等管乐器，还有羯鼓、太鼓、腰鼓、鸡娄鼓、磬等打击乐器。真不知道他们是从哪儿搜集到这些东西的，不过对于傀儡师来说，演奏乐器应该是拿手绝活儿。乐音热闹繁盛，庄严肃穆，观众的热情也十分高涨。

众圣贤的队列在桥上从容地缓缓而前，精心准备的演出井然有序，没有一丝慌乱。长长的木板桥对面就是娑婆堂，娑婆堂的门豁然大开——也不知是何时预备好的，只见那里已好好地停着一方灵柩。而灵柩之中，横陈着的正是珠名姬。为了让观众能清楚地看到珠名姬的脸，他们想到了某种办法，让灵柩稍稍斜过来，好呈现前倾的状态。

从珠名姬突然陷入沉睡到现在，照理说已经过了将近五年的岁月，然而她的容颜却还保持着十四岁时的光景，依然水灵灵，依然闪耀着近乎神圣的苍白色的光，好像时间并不能将它那腐朽万物的力量在她的肉体上施加分毫。

从拥挤得无处转身的观众之间，流溢出难以压抑的惊叹。看到这番情景，旋毛丸再次从马上提高声音道：

"各位，请沉心静气看看这位公主吧！这位公主气绝以来已经数年，然而其身不毁烂，一如在世时。这不就是常常观想西方极乐世界、常常念诵阿弥陀佛法号的福报吗？如今，祥云缭绕，天音可闻，她也即将蒙受众圣贤的接引来迎。如有发愿结缘、往生净土者，请先口念十声南无阿弥陀佛吧！"

不多时，便见那扮作观音的男人走近灵枢中的珠名姬，将那用来承载往生者的紫金莲台，恭恭敬敬地举至她的眼前。

就在这时，难以置信的事发生了。只见双目微闭的珠名姬，当场绽开了喜悦的笑容。

骑在马上的旋毛丸惊得几乎要向后仰去，不觉间连演出也忘了，说梦话似的念出了台词以外的话：

"呀，公主笑了，公主笑了呀！"

在夜一般沉沉的浓睡深处，珠名姬彼时正做着深海鱼似的梦。不，到底是梦，还是现实，她自己就算想分辨也是分辨不出的。在她自己的意识里，她只不过是在阿弥陀堂那个铺了木板的房间里坐着，沉浸在忧思之中而已。父亲中纳言在宅子里建了一座五间见方的阿弥陀堂，墙壁上挂着一幅《来迎图》。而她从刚才开始，就一个人凝视着这幅自己非常中意的《来迎图》。

就这么凝视着凝视着，不知不觉间，她的意识发生了倒转，好像自己倒成了《来迎图》里的人物。而自己的眼前，此时此刻竟好像有菩萨举着莲台似的。

真是奇怪呀！我明明还没死呢，为什么阿弥陀佛呀众菩萨呀要一起来接迎我呢？

该不会在我自己还没意识到的情况下，我早就已经死了不成？

还是说，我虽然还活着，但是变成了能在彼世和此世间往返之身？听人说，以前在长谷寺有位得道高僧，本来人们都断定他已经往生了的，只是因为遗容像睡着了一般安详，弟子们便在枕边担心地守候，谁知到了第三天，高僧竟真的从彼世回来了，还对大家莞尔一笑呢。我该不会也像那位高僧一样了吧？这可真是奇怪呀。

出人意料的公主的微笑，其造成的效果却是满分。淳朴的观众们感动得涕泗横流，把所有的善财都尽数献了出来。迎讲活动在那之后又举行了好多次。于是没过多久，旋毛丸就被推崇得差不多算是位教主了。

所谓教主又是干什么的呢？比方说，那些眼睛失明的人，耳朵失聪的人，还有腰和腿直不起来的人，他们到旋毛丸面前舍出善财，请求他的医治。旋毛丸只消从马上下来，用手轻轻碰触他们疼痛的部位，再宣告神谕，转眼间他们就痊愈了。据说，对于那些瘫痪的人，还有拿脚践踏来治病这样的奇事。要说再怎么乱来也没有这样的教主，可岛上的人们还是把衣裳脱下来，把太刀献上来，为他倾尽了所有的资财。大抵这位教主或者骗子所行的神迹还是有可看之处吧，岛民应该也获得了确定无疑的好处吧。总之，据说不久之后，不只是大长岛，连附近其他濑户内海的岛屿，甚至远到赞岐国那一带，都有信者闻讯后不请自来。计划正如愿地进行着。

有意思的是，旋毛丸这时又一次改了自己的名字。以盗贼团伙带头老大的身份据守横田山时，旋毛丸是天竺童子；而来到这里成为教主之后，他又自称天竺冠者。当然，既然自称冠者，他已完成元服这事儿也就不用多说了吧。

童子和冠者，究竟哪里不同呢？简单来说，就是完成元服与否的差别。换句话说，也就是束发加冠与否的差别。《论语》中有所谓"暮春者，春服既成，冠者五六人，童子六七人"之说，其中也特别将两者区分开来，这一点我们想必都是知道的。此外像九郎冠者、木曾冠者、河内冠者，以及猿面冠者等所谓冠者，也全都意指刚刚完成元服的年轻人。而在《平家物语》中，则记有年轻时的后鸟羽天皇因为"过爱毬杖[1]之球",曾被文觉上人骂为"毬杖冠者"一事。和上述列位冠者一样,旋毛丸当然也把之前留着的孩子气的垂髫长发毅然束了起来,像成年人一样用紫色[2]的细绳缠好竖在头上,就这么摇身一变,从童子成了冠者。可是,他为什么要这样做?这才是问题所在。

　　恐怕旋毛丸在人生中遇到了某种转机,所以才决意舍弃那般束缚自己的退行愿望,一下子长大成人了。他所遇到的转机究竟是什么,我们是不知道的。可能是因为实现神迹确实太过容易,所以作为教主不能不感觉到一种空虚;也可能是自己这把年纪还自称童子,私下里不由得感到羞耻;还有可能是从各种意义上来说开始变得怯弱起来,大概是意识到自己差不多也到了该交纳年贡[3]的岁数了吧。然而要是试着从另一个角度思考一下,就会觉得旋毛丸将珠名姬占为己有一事,和他想成为成年人的意愿,很难说没有关系。

　　会不会是当珠名姬从深沉的昏睡中醒来,以十四岁的脸绽开天真的笑靥,这番情景让旋毛丸尝到了一种此前从未经历过的打击?

　　更进一步说,也可以这么理解:旋毛丸或许在一种妄

---

1. 平安末期至江户初期流行的一种游戏,用木杖击打木球进行比赛。
2. 紫色用以表示身份地位高。
3. 也称贡租,是日本历史上曾存在过的一种税收形式,随着平安初期到中期田租制的废弃而产生,一直持续到明治初年。年贡物以米为主。

想或者说无意识中，产生了要和珠名姬结为鸳鸯之好的意向，所以他才被焦躁的心绪催促着，希望能快点独当一面长大成人。打从很小的时候起，旋毛丸就被傀儡师们拿流行歌谣里的"冠者公子女婿公子"之类的歌词打趣儿，说得好像将来和珠名姬结为夫妇是某种注定之事似的，结果这么一来二去，就连旋毛丸本人也在不知不觉间产生了这样的想法。

不管怎么说，在那之前全然不知挫折感为何物的旋毛丸，在这里，不知道是哪时哪刻，突然意识到自己作为童子的 prestige[1] 已经消失殆尽，意识到自己不能再以童子的身份享有特权。要不是这样，他也没理由特地把名字改成天竺冠者吧？他大概在无意识中感觉到，无论是做盗贼还是做骗子，自己都差不多到了该交年贡的时候了。

这么一来，他就得以天竺冠者的名义浮上历史表面。这就像在氧气不足的水中憋气的鱼儿，浮上水面后，嘴巴一张一合，老练的垂钓者只需抓住机会，就能把这鱼儿钓将上来。把天竺冠者钓上钩并拉出历史表面的，正是当时在仙洞御所蒙后鸟羽院殊遇的歌人藤原定家[2]。其时已经时移世易，到了后鸟羽院院政的时候了。

---

1. 法语，指魅惑力、诱惑力，也指威望、威信。
2. 藤原定家（1162—1241），镰仓初期的公家、歌人，官至正二位权中纳言，是《小仓百人一首》的编选者，其作品也被收录其中。曾奉命编撰《新古今和歌集》等，著有《每月抄》等歌学著作。

在藤原定家的《明月记》[1] 承元元年 [2] 四月二十八日条目下，有如下记述：

　　人云，伊予国称天竺冠者狂者搦取，明日可上洛，可有御览云云。月来于彼国称神通自在由，致种种横谋云云。[3]

　　同月二十九日条则如下：

　　天竺冠者已入洛迟迟，可参神泉由被仰。国司被召进，出御之后书出了，手箱付封退出。日入之后天竺丸参入，被召问。不足言之间，散散凌砾给。信久下部相具向其家，见者如堵。后闻，即禁狱。[4]

　　在伊予国的大长岛，天竺冠者连带一伙同党共计八十

---

1. 也称《照光记》《定家卿记》，是藤原定家从十八岁到七十四岁间长达五十六年的记载详细的日记，使用汉文书写，因此以下引文径录汉文，以脚注释义。
2. 即 1207 年。
3. 大意如下：听人说，在伊予国，有一个叫天竺冠者的狂人遭到逮捕。明天可以上京，可以面见天皇等。近一个月来，他在其国号称通神通自在，并实现了种种阴谋等。
4. 大意如下：天竺冠者已经迟迟抵达京城，天皇命其到神泉苑观见。国司被召进苑内。出来之后，书写完毕，封于手箱内后退出。日落之后，天竺丸观见，被天皇问话。因为不值得一提，故而狠狠地施以踩踏。信久的下人一起前往其家，观者如堵。后来听说，天竺冠者已被囚禁于牢狱中。

余人遭到逮捕，被一网打尽，其后按照后鸟羽院的命令被送到了京城。其所做的聚众滋事、妄论祸福、妖言惑众等事，不可能不遭到严厉审讯。一说天竺冠者曾自称为亲王，不过想想旋毛丸此前蛮不讲理的行状，这倒也是很有可能的。要是这样的话，他遭到逮捕也是理所当然。藤原定家把他称为狂人，想来也不是没有道理。

不知道旋毛丸本人是有什么打算，但值得注意的一点是，藤原定家在这里又把他称作了"天竺丸"。说到"丸"，既有像牛若丸、石童丸这样在乳名里的用法，也有像多襄丸、调伏丸这样在盗贼名字里的用法。然而从逍遥世外的特权这层意义上来说，可以看出两者在性质上显然有共通之处。要是旋毛丸读了《明月记》这段记录，真不知道他会露出什么表情。不过也有可能藤原定家只是单纯想表达轻蔑的意思，才用了"丸"这个字。

被带到京城里的天竺冠者，就如同《明月记》里所记载的那样，被召到神泉苑，接受后鸟羽院的亲自审问。

"听说，你好像有某种不可思议、变化万端的神力，又能在空中飞，又能在水上跑。那么，就先在这池水上跑来看看吧。"

既然接受了命令就没办法了。天竺冠者不管不顾地往池上跑去，然而转眼间就沉到了水里，被呛得上气不接下气。虽说他出身于濑户内海的小岛，但因为自幼就在京城里生活，所以在游泳方面他是一窍不通。后鸟羽院和身后并立的朝臣们看到他这副德行，都捧腹大笑起来。

"喂，天竺冠者，听说你在伊予国驭马驭得不错呢，将这匹烈马驭来看看吧！"

所谓烈马，指的是那种喜欢扬起前腿、性子暴烈的马，这种马天竺冠者是骑不来的。他在伊予国所骑的马，不过是给小孩子骑的那种小小的桃花马。于是，不到一会儿工夫，他就从马背上滚落下来了。

"喂喂，天竺冠者，听说你很得意自己力大无穷呢，那就和贺茂的神主能久赛一场相扑来看看吧。"

赤裸上身的能久毫不费劲儿地就把天竺冠者丢到池子里去了。第二次全身湿透的天竺冠者好不容易才从池子里爬上来，眼前却恶作剧似的站着搭箭欲射的人——还有要对他饱以老拳的人，以及用脚踢踹他的人——《明月记》中出现的"凌砾"一词，指的就是用脚践踏。被一哄而上的人戏弄折磨，自然是非常悲惨的。

以前，天竺冠者在伊予国的岛上，曾经用脚踩着瘫痪的男人施加治疗，如今位置颠倒，他自己竟成了接受这种荒唐治疗的角色。

经历了如此一番戏弄之后，根据后鸟羽院的判决，天竺冠者被定罪入狱。即使贼运亨通如他，也不知何时竟走了霉运，最终沦为狱中之囚，这实在是教人哀叹。

暂时就让他在监狱里静静地待一会儿吧，我们把故事的舞台移到珠名姬这边来。

固然《明月记》里没有记载这件事，但是差不多在天竺冠者被捕的同一时间，在曾经发生珠名姬轿子被夺走事件的长冈竹林里，人们重新发现了珠名姬。发现她的人，乃是住在长冈的竹艺师傅。宛如从当年起时间就不曾流逝过一分一秒似的，同样的轿子，同样的灵柩，同样的衣裳，以及，同样美丽的珠名姬的睡脸。可以想象，大概是天竺冠者的手下偷偷接到老大的命令，用船把珠名姬运到京城，然后又把她连同轿子放回老地方，之后迅速逃走。

然而，当珠名姬被运到宅子里重新出现在众人眼前时，人们脸上却浮现出难以想象的恐怖神色，身子也吓得站不稳——只见那用银白丝线绲边的唐衣袖口，竟淋漓着已开始变干的鲜血。从上襦到下裳，以至于灵柩的底部，染得到处都是血。

如果把被血浸得硬邦邦的唐衣袖口抬起来，就会发现公主手腕以下全都没有了，而且两手皆然。从手腕到指尖，就像被什么东西咬掉了一样，尽被夺走，只剩两只手腕的断口凝固着已经发黑的血。要是在基督教的圣女传说中，这血的颜色怕是会被比作红玉髓吧。

这可怕的断腕，最开始一度被怀疑是天竺冠者一伙干的好事，不过这嫌疑立刻就遭到了否定。因为这伤口不管是谁来看，都知道绝不是锐利的刀具造成的，反倒像是野兽用牙齿咬断的。人们猜测，这恐怕是放在竹林中的那段时间里，珠名姬遭到了每晚从西山下来出没于山脚村庄的那群野犬的乱啃。要是竹艺师傅能稍微早一点儿发现的话，可能珠名姬就不会变成这副凄惨的样子了。人们想到这里，便感到深深的懊悔。

大量的血液从珠名姬的身体里流出来，以至于人们不由得想，那个面色苍白、没什么血色的公主，身体里竟然有这么多的血呀！然而尽管如此，珠名姬却还没有气绝身亡。她依然好好地活着，依然好好地呼吸着。何止是依然，她那生命的光润甚至比以前还越发透明，越发清净，就这么专注地纯粹下去了。

只是，在珠名姬十四岁陷入不可思议的沉睡之前，一直受到她喜爱的"合贝"，时至今日，已再不可能被她那双手摆弄了。哪怕她还有睁眼醒来的那天，从今往后，她也再不可能用手在贝匣里叠起贝壳，再不可能摆出那么漂亮的螺旋了。

人们从珠名姬身上脱下沾满血污的衣裳，并为她重新穿上和以前那件几乎完全一样、色彩也非常艳丽的丸纹赤浮织的唐衣。随后，人们又在宇治川旁的中纳言家的菩提寺里，安置了可供她安眠的新的灵柩。顺带一提，珠名姬那位做中纳言的父亲，此时早就过世了。在京都的宅子里，已经没有愿意用心看护她的人了。比叡山的高僧也早就圆寂了。那位从小抚育公主长大的乳母，在看到公主两只手腕以下被咬掉的惨状后，也因为无法承受冲击而撒手人寰了。

036

　　在宇治的寺院中，珠名姬在昏暗的正殿里默默地延续着生命。现在，连她身旁的人也都已经死尽了，会时不时来看看她的，只有和她无亲无故的驻寺僧或是僧人的侍者。对于年轻的侍者而言，那完全保留着十四岁少女面容的珠名姬的身姿，是对眼睛有害的毒物。一旦瞻仰了沉睡中的公主的面容，当天晚上的梦里，就一定会不时闪现淫乱女人的身体。

　　就这样，漫长的岁月如水流去，人世间也在一点一点发生变化。

　　源实朝被杀之后，源氏就灭亡了，天下如今成了北条氏的囊中之物。出家后被流放到隐岐岛的后鸟羽院，也在隐岐岛结束了他的一生。这时候，发生了蒙古使者现身于九州太宰府等事，幕府的神经变得紧张起来，西边海域的警戒也似乎变得森严起来。

　　除了那些年纪特别大的老人之外，知道珠名姬的人已经罕有还在人世的了。而且就算是有人提到这件事，也不过是说，在很久很久以前，有一位不知道为什么突然像死了一样陷入沉睡的公主，公主的父亲非常忧心，于是接受了某位高僧的意见，用轿子抬着公主在京都内外的寺院里巡行。而且传说那位公主生得非常美丽，更不用说她那悲惨可怜的命运了，所以巡行的路上人们兴致勃勃，哪怕一眼也好，都想瞻仰一下她的容颜。这样的故事，哪怕从长辈那里听来，年轻一代也只能想象成某个缺乏现实感的神话传说里的公主而已。

在和中纳言家关系密切的宇治的寺院里，驻寺的僧人代代相承，担任着照顾珠名姬的任务，即使那位公主现如今已经只能被当成传说中的人物了。不过渐渐地，这事儿总归开始成了一件麻烦事儿。关于这一点，也不是完全没有理由的。首先，虽说还是中纳言家，但当时的中纳言家已经是和珠名姬毫无关联的旁系亲戚了。再来还有一个理由就是，围绕着珠名姬，开始有些不详的传言在人们的口耳间流播。

当时不愧是魑魅妖魔的全盛时代，不管流传出怎样匪夷所思的流言蜚语，人们都不觉得奇怪。世人纷纷传说，珠名姬每晚会从睡梦中醒来，睁开水灵灵的大眼睛，从灵柩里站起身，在正殿附近像亡灵一样四处徘徊。这还不止呢，还有传说称她会悄悄潜入常行三昧堂[1]，去找闭关修法的年轻和尚——这类流言岂止不祥，更近淫猥。然而不管事情的真相到底如何，对寺院来说，这些流言无疑构成了很大的困扰。

何况从事实上来说，在正殿的角落里放着一个尘封已久的灵柩，一个不知道从哪儿来也不知道是谁的女人，像

---

1. 也称常行堂。天台宗里有所谓四种三昧，即常坐三昧、常行三昧、半行半坐三昧、非行非坐三昧。常行三昧堂便是为修行常行三昧而修建的佛堂。常行三昧堂也以阿弥陀佛为主佛供奉，但与阿弥陀堂作用不同。日本的常行三昧堂最早是851年由僧人圆仁在比睿山建成的。

死了一样睡在里面，这事儿无论谁听说了，都会觉得毛骨悚然，不寒而栗。所以，即便寺院把这看作麻烦事儿，也不好一味地就说他们蛮横粗暴。

话是如此，可要把一个还活着的女人就这么埋起来，也确实难以下手。尽管是深深陷入沉睡的状态，可她并没有失去生命的迹象，要把这样一个女人就这么埋在土里，这事儿实在是下不去手。

于是驻寺僧想到了一个听上去非常不负责任的办法：把珠名姬的灵柩放在小舟上，然后将小舟托付给宇治川的流水。

一个无月的夜晚，几名寺院的男仆肩扛着珠名姬的灵柩，走下河堤，来到了河滩上。他们把灵柩在小舟上放好，然后驻寺僧走过来，在小舟里满满地塞进此时正盛开如穗子一般的马醉木的白花，殷勤诚恳地最后一次为她念佛诵经，然后双手用力一推，小舟离开河岸，往宇治川湍急的奔流里滑去。一时间，小舟宛若不情愿踏上旅程似的，在芦苇之间摇摆不前。不过最后，小舟还是转了个圈，缓缓地漂向了河面。

夜晚暗淡无光，小舟很快就完全看不见了。即便如此，男人们还是久久地站着，似乎颇为不安地凝视着下游的方向。

"行了，走得挺顺利的嘛。"

这句不假思索脱口而出的话，大概是驻寺僧的真实想法。回到寺院以后，他就像是为了逃避良心的谴责似的，在正殿的阿弥陀佛像前，提高嗓门大声读起经来。不过嘛，这种和尚后来怎么样了都没什么所谓。相较而言，我们还是更记挂小舟的去向。

以前乘着轿子巡礼的时候，珠名姬的周围勉强总还算是有可做伴的人陪着。而且一路上，也有很多眼尖的善男信女会发现他们一行，然后发起恻隐之心，跑来为她念佛诵经。可是这一回，就是完全一个人的水上之旅。没有人会看见她的小舟。这是无人目睹的舟船之旅。

小舟荡啊荡啊，一会儿划开水面上弥漫的浓雾，一会儿在苇草壅塞的水湾里进进退退，一会儿遭受风吹雨打，一会儿被偶然溅起的水花淋个满身。可即便如此，小舟还是不沉不没，缓慢地移动着，向下游的方向慢慢漂行。

水上的旅程茫茫无边，终于连小舟本身也化为水的一部分，旅程也就成了只有水的旅程。倘若小舟中的珠名姬尚有意识的话，她大概会产生一种错觉，以为自己是在烟波浩渺、漫无涯际之中排水而行吧。

终于，小舟好像被什么人吸引着，枉顾它自身的意愿，微妙地摇晃着它那纺锤似的船头，渐渐加快速度，在水面上滑行起来。

在桂川、宇治川和木津川三条河流交汇的山崎附近，有一座四周的瓦顶板心泥墙已经破损的朽坏殿宇。而这座殿宇的背后，盖着一间小小的草庵。

在这草庵里，独居着一位修行者。这位修行者面色发黄，眼窝深陷，目光锐利，眼看着就要跨过八十岁的门槛了。

关于这位修行者是哪里人，又有怎样的过往，这些统统没人知道。人们知道的只是大概五十年前，也就是这间寺院的前任住持还活着的时候，这位修行者因为遭到官吏追捕，逃入寺院，在被住持搭救后，他就顺理成章地成了住持的弟子，在这里住了下来。显然，他是有一些难以启齿的过往的。甚至还有传言说，他是杀人犯或是越狱犯之流。

前半生撒泼耍赖的浪荡子或者罪犯，不知何时一念回转，从此走上勤修佛法之路，终成一代高僧——这样的故事我们都听过不少，只是这个男人的情况稍稍有点儿不同。即便在"一念回转"之后的人生里，他也只是一门心思地将观法当成某种技术来钻研，其中又特别专注于《观无量寿经》"十六观"中的第二观"水想观"。这么一来，修行的成果日积月累，到这时候他就已经不为人知地成了那一门径中的第一人了。

我对于佛教的教义并不十分明了，所以就和在《少年滋干之母》里写到"不净观"的谷崎润一郎一样，就算想解释一下"水想观"是什么，也只能空感为难而已。虽然难为情，姑且还是引用一下辞典上的解释吧。上面是这么写的：所谓水想观，简要来说，就是通过静观水和冰的清透映彻，观想极乐净土的琉璃地的方法。所谓琉璃地，大概可以想象成用琉璃制成的、宛若玻璃一般平坦而透明的极乐净土的地面吧。

某一天，这位修行者把他使唤的两个护法童子叫到近旁。所谓护法童子，就是虽然平常不知道在什么地方，但是只要一叫，就会立刻现身的家伙。不知道出于什么理由，这两个童子无论何时都喜欢成双成对地结伴行动。修行者把水瓶递给两个童子中的一个，说：

"极乐蜻蜓，你到河边去，用这个水瓶打些水回来。"

"谨遵指令。"

修行者又转向另一个童子，说：

"那么断尾蜻蜓，你就留在这里，在极乐蜻蜓回来之前，为我抖个空竹看看可好？我这身体已经虚透了，连自己抖个空竹都办不到了呢。"

"谨遵指。"

因为这一位是断尾蜻蜓，所以话说到一半就会戛然而止，不把话说完。

极乐蜻蜓拿着水瓶出门之后，年老的修行者以一种接近膝行的姿势爬到草庵的踏板处，断尾蜻蜓走下来站在院子里，在老人的眼前，开始准备表演抖空竹。

首先，他给放在地上的鼓形陀螺缠上线，接着两手握住连接线两端的两根棒子，左右手交替上下拉动，一边让陀螺转动起来，一边慢慢加快手速。待陀螺充分保持惯性旋转起来之后，他便将它从地上慢慢拉起，这时那陀螺已能稳稳地跨在线上。有时，伴随"哈！"的一声吆喝，陀螺会腾的一声被抛到空中，待到它落下来时，又会再一次被线准确地捞住。因为很早以前修行者曾仔细地指导过断尾蜻蜓，所以他的技术相当不错。

"师父，您看怎?。"

"嗯，很精彩呀。这就行啦，跟我年轻那时候简直一个样呀。这样，就算我死了，抖空竹这技术也已经传给你了。人类的技术传给你这样的妖怪，这事儿也是挺有意思的呐。"

因为感到心情很舒畅，所以修行者的脸上一点儿也看不出徒念旧时光的感伤情绪，毋宁说他的脸上浮现出的乃是一种满足的表情，仿佛他自己正附身在断尾蜻蜓的身上，在那里玩着抖空竹似的。

这时候，极乐蜻蜓回来了，并且把水瓶郑重其事地放在了踏板上。这水是师父进行水想观的材料，所以不能等闲视之。

"师父，水已经奉上了。"

"哦哦，辛苦啦。你们两个，可以上前来一点嘛。"

待两人并膝敛衽，心怀敬畏地坐好后，修行者面色一改，道：

"我也确实上了年纪啦，已经开始感觉到自己来日无多了。今天晚上就突然走了也不是没可能。就像我常常跟你们说的那样，无论什么时候走，我都觉得无所谓呐。只是有一件事儿，要说挂怀还是挺挂怀的，就是我这观法没有能传下去的人，毕竟我这些年来都不喜欢带弟子嘛。你们两个是妖怪，也用不着特地修习什么观法对吧？所以我也就没有教过你们。不过呢，你们两个还是可以为我的观法当个见证人吧。在我死之前，就一次，我想让你们两个仔仔细细地看一次我的观法。明天早上，请你们来一下这草庵，可以吗？"

两位童子约定了明早会来拜访后，就行了礼，离开了草庵。

变成独自一人后，修行者起身把草庵的门和隔扇关了起来，接着又把极乐蜻蜓用水瓶汲回来的水一下子洒在了房间里，最后把隔扇拉开一个小缝，把空水瓶丢到了外面。

做完这些准备后，修行者便在房间的正中央端坐好，双目微闭，开始发起观想之念。

自从变老以来，抖空竹所需的肉体能量确实稍嫌不足，可发起观想之念所需的精神能量却仍似不知老为何物。精神能量中的集中力便是对观想而言最为重要的一项，这一点想必用不着笔者浪费笔墨。

不知道过了多久，端坐着的修行者的膝盖以下已经完全溶化成了水。不知不觉间，草庵的里面也哗啦哗啦地满溢出水。

从下半身到上半身，也就是按照腹部、胸部、两腕、两手这个顺序，修行者的身体渐次溶化成水。从脖子到头部的溶化是最难的，一直以来都进行得最为迟缓，也最花时间。然而即便如此，就像吸饱了红茶的方糖终究会坍塌并溶化一样，修行者的头部不知何时已经溶化了。

此时此刻，修行者已经成了纯粹精神或者说纯粹意识那般的存在了。他自全身都成了水，所有的一切都溶在水中，然而在这种状态下，唯独意识还在某个地方保持着清醒。我不知道怎么描述比较好，硬要说的话，就是他自己是水，同时又是看着水的意识。

房间里面也滔滔地奔涌着水。最开始的时候，还是能注意到撞击着墙壁、门和隔扇的水声的，不过不久以后，就连墙壁、门和隔扇也溶化成了水。房间已经不是房间，房间即是水。草庵也即是水。一切的区隔都消失了，房间直接和外界的水连道了起来。

然而修行者的意识里映照出的景象，早已不是自己，也不是外界，只是漫无涯涘的空有水的世界。这样的状态不知道持续了多久。

偶然回过神来时，他便在这漫无涯涘的空有水的世界里，远远地看到了一个小小的黑点样的东西。还没来得及想"哎呀，那是什么呀？"，那东西就猛地变大，甚至连形状都能分辨得清楚——那是个形状像纺锤一样的东西。它正向着自己这个方向，一刻刻地，越来越近。

修行者的意识因为痛苦而变形了。不，应该这么说才对：如果修行者还有脸的话，他的脸应该会因为痛苦而变形。

那东西已经离他相当近了，于是他意识到，那个形状像纺锤一样的东西，实际上乃是一叶小舟。小舟的里面，正载着珠名姬。

极乐蜻蜓用水瓶汲上来的水，正是宇治川的水。

随着小舟的渐近，珠名姬的面容也被放大成特写——那面容和五十年前，不，和六十年前一般无二，依旧那么美丽，那么高雅。那透明得几乎发青、颜色像贝壳一样的皮肤还是那么娇嫩鲜活。自十四岁以来，珠名姬就一点年岁也没有长过。大概她永远也不会长大变老了。

修行者——不，到了这里已经可以抛出天竺冠者这个名字了吧。天竺冠者想到自己已经完全变黄、既老且丑的皮肤，面对珠名姬，他感到了羞耻。他就像还年轻的时候那样感到了羞耻。

修行者的意识哭了。不，应该这么说才对：如果修行者还有眼睛的话，他的眼睛应该会泪如雨下。

如果这双眼睛还能看到珠名姬那双被狗咬掉的手腕的模样，恐怕天竺冠者会哭得更厉害吧。好在幸运的是，那双手腕已经被袖子遮住了，所以是看不见的。不过话虽如此，毕竟现在天竺冠者的一切都已全部变成了水，所以不管怎样，也可以说他现在正哭得无以复加、不能更甚吧。

就像他自己也曾预感到的那样，这就是修行者也就是天竺冠者最后的水想观。

翌日清晨，一如约定的那样，极乐蜻蜓和断尾蜻蜓二人拜访了草庵。一如他们所预料的，房间里面一点儿水也没有，只有一个老得骨瘦如柴的修行者，在屋子的正中央，以向前倾倒的姿势，颓然死去了。不知道出于什么缘故，在他的旁边扔着一个小小的纺锤样的东西。当然，哪里都看不到珠名姬的人影。

修行者为什么死了呢？关于这一点，倒是很容易就能找到像样的因由。

《撰集抄》[1] 里记录过一个故事，相信听过的读者应该不少：当日惠心僧都[2] 在横川的惠心院进行水想观之时，恰值内记[3] 入道保胤到惠心院来拜访。保胤打开了僧都所在房间的窗户，只见那房间里满满的都是水，哪儿都不见僧都的身影。保胤吓了一跳，正想二话不说赶紧回去，却忽然无心地拿起手边的枕头，丢到了水里。

1.《撰集抄》，作者不详，成书年代大概在 13 世纪中叶至 13 世纪末，记录了大量传说轶事，是隐逸文学的代表作品，对松尾芭蕉创作俳句、上田秋成创作《雨月物语》等都曾产生影响。
2. 僧都，日本律令制系统下管理僧尼的官职之一。
3. 内记，日本律令制系统下中务省直属官员，主要负责起草诏书敕命及记录天皇言行等，唐名为"起居郎•柱下"。

　　自那以后，僧都就开始感到身体里疼痛。于是，在保胤再一次来访的时候，僧都又进行了一次保胤上次所看到的那个水想观，那个被丢进去的枕头在水上啪嗒啪嗒地漂了出来。保胤把它捡起来，扔到了拉门外面去，然后僧都的疼痛就豁然痊愈了。

　　我们可以想象，哪怕是小小的一只纺锤，对于衰老得骨瘦如柴的修行者来说，都足以构成致命伤害。

　　也许有的读者还会问：那只纺锤究竟是从哪儿来的呢？对于这个问题，我先来做个解答吧：因为在日语中，本来"纺锤"和"旋毛"的语源就是一样的。

狐媚记

夫人产下狐狸之子一事被传出来的时候，左少将宅邸里的人们一时间全都茫然失措，不知道该说什么好。这也是当然的吧？照社会上一般的观点来看，产子当然是件可喜可贺的事情。可现在这么一来，不就谁都不知道该怎么祝贺好了吗？女官们都把目光死死贴在地上，就算在廊下走过也小心翼翼尽量不发出声音；特别是躺着产妇的那间卧室，只要可能，绝不接近。因为她们完全不敢想，要是不小心和夫人四目相对，那时候可要怎么祝贺好呀？为新生儿接生的产婆，简直像她自己负有责任似的，狼狈不堪，无地自容，趁着大家手忙脚乱之际，她什么也顾不得了，就在夜色的掩护下从后门逃之夭夭了。她大概也是实在没勇气在左少将面前露脸吧。

　　至于夫人，在看到从自己肚子里拉出来的那只奇怪的绒毛小兽的瞬间，她就发出一声虚弱的尖叫，当场不省人事了。

待到重新恢复意识的时候，出现在卧床的夫人眼前的，是一张双眉紧皱、正在窥视自己表情的脸——那是她的丈夫左少将的脸。那张脸上的表情极其冷峻，冷峻到几乎让人产生联想：即使在千军万马间与敌阵交锋之时，恐怕他也不至于面色冷峻到这个地步。他那燃烧着怒火的目光教人实在无法承受，于是夫人不由自主地闭上了眼睛。然而一旦闭上眼睛之后，她便再一次感到意识开始变得模糊，好像自己要被吸到洞里似的，但她这次决定要拼命忍住。这场沉默不知道持续了多久。终于，丈夫的声音从上方落下来，刺耳地敲击着她的耳膜。不，岂止是刺耳。她感觉到，那辛辣的言辞，简直是锐利地扎进了她的耳朵里。

"夫人哪，你可真是给我立了件大功呀！在我赤松家这继承了古老村上源氏血脉的家族里，从始祖到现在，可是一次都没有过生下畜生的事儿呀！真是想都想不到的丑事儿！难不成你今年初午[1]到伏见的稻荷神社去参拜的时候，被某个长尾巴的妖怪给附体了？结果自己都没发觉，就犯了大错？"

说到这里，他回头看向不知何时出现，正在一旁侍奉的验者[2]觉念房：

---

1. 初午，二月第一个午日。在日本是稻荷神社的庙会日。
2. 验者，即修验道的修行者，他们在特定的山岳中修炼，认为可以借此获得神力，施行咒术。

"如何？阁下有什么高见？无须忌讳，但说无妨。"

觉念房就像在等着这话似的，跪坐着凑上前去，宛如想让夫人听得更清楚一般，一字一句地、清晰明了地说了起来：

"若对照古今之例来看，如此这般不可思议之事，倒也未必能断然称绝无。虽说是在相当久远的古时，且又是发生在唐国，但当初周幽王的宠妃褒姒，据云便是一位未曾与男子交合过的宫女所生。据说那位宫女也与此相同，在自身并无意识的情况下，与一只潜入后宫的鳖发生交合而受孕。不过正本溯源，却要说到当初夏王朝将衰之际，曾有两条神龙现身于宫廷之内，并从口中吐出泡沫。这泡沫被收于匣中之后，历殷商而传于周朝，终于在周朝第十代君主周厉王之时，被人开匣而流出于外，并化身为鳖。换言之，方才虽称其为鳖，但从根本来说，其并非寻常之鳖也。"

"话虽如此，可稻荷山上总不会有鳖吧？而且褒姒总不是以狐狸的模样生下来的吧？更何况关键的问题是，一个女人究竟如何才能生出狐狸崽子来？"

左少将面色不悦地说着，觉念房却出溜出溜地摸着脸，道：

"啊，关于此事，只因无论在唐国还是在本国，狐狸们皆化身女子，变身男子而诱奸女子的狐狸故事，仅在极少数文献中有见。即便如此，却不能说一概没有。例如

《搜神后记》[1]中，便有如此记录：吴郡顾旃，猎至一岗，忽闻人语声云：'咄！咄！今年衰。'乃与众寻觅。岗顶有一穿，是古时冢，见一老狐蹲冢中，前有一卷簿书，老狐对书屈指，有所记校。乃放犬咋杀之。取视簿书，悉是奸人女名。已经奸者，乃以朱钩头。所疏名有百数，旃女正在簿次。换言之，若粗心大意，则自己之女是否他日也将遭狐狸之毒手，其在不可知也。"

"话虽如此，可那狐狸是以什么形态奸污女人的呢？而且那些女人被奸污的时候，也该注意到那是狐狸了吧？"

"这个嘛，因为书里也没有写到这个地步，所以哪怕是我也很难现在马上回答出来。不过若从其他的传说来看……"

不知不觉间，两人好像全然忘了旁边还躺着屏气等待的夫人似的，围绕狐狸奸污女子这一话题，展开了漫无边际的学术讨论。

1.《搜神后记》，志怪小说集，托名陶潜所作，其实是伪书。以往认为成书于唐代以前，现在认为是后人纂辑和增补成的。以下故事见"古冢老狐"条，大意如下：吴郡的顾旃，某日打猎到一座山岗上，忽然间听到有人讲话的声音。那声音说着："咄！咄！今年是衰年呀！"顾旃于是带领众人前去寻找，结果在山岗顶上发现一个陷坑，那坑是古时候的坟墓。只见冢里蹲坐着一匹老狐狸，面前还摊放着一卷书簿，那老狐狸对着书簿弯曲爪指，正在记录点验着什么。众人于是放狗将老狐狸咬死。待取其书簿过来细看，便见上面尽为其所奸污的女子姓名。若已经奸污，就以朱笔在其名上打钩。书上所条列的女子姓名有百数之多，而且顾旃之女也正列在簿录之内。

　　这里稍稍做一点解释。距离那时五年之前，夫人曾经生下过一位美如珠玉的男孩子。夫人闺名唤作月子，如果生逢其时，本可以成为女院[1]或者御息所[2]之类，属于公卿中的名流。然而只因生在血肉横飞的战乱时代，转眼间便家道中落，衰败凋零，无奈之下只得沦落到嫁入武家的地步。尽管如此，能嫁入未来注定飞黄腾达的强有力的守护大名[3]家族，拥有像左少将这样的丈夫，大抵也全是拜她那让人惊艳的美貌所赐。而另一方面，左少将与月子夫人相比也丝毫不会见绌，确实称得上是乱世中头角峥嵘的伟丈夫。考虑到当时在京都的武家子弟受到公卿的感化，纷纷显示出柔弱化的倾向，不乏男性气概的左少将可以说是世间罕有的男子汉。因此，这样一对夫妇生下的男孩子，也是少见的可爱小孩。这个男孩子的名字叫作星丸。

　　这位如今已长到五岁的继承人，一直被父亲左少将宛如掌上明珠一般疼爱着。可以想象，如果夫人不是先生下了这位星丸，而是一上来就冷不丁地生下狐狸崽儿，那父亲左少将的沮丧必定还要严重得多。

　　想当初生下长子的时候，左少将曾站在产床里的妻子面前，散漫的表情一扫而光，连声高呼："大功一件！大

---

1. 女院，日本从平安时代到明治维新，给太皇太后、皇太后、皇后等女性的称号，准后、内亲王等拥有相等地位的女性也可获得这一称号。
2. 御息所，本意指天皇休息之所，后延伸指女御、更衣及以下的、受到天皇宠幸的宫女，再后来固定下来，特指皇太子妃和亲王妃等。
3. 守护大名，日本战国时代大名的一种，此外还有守护代、国人领主等。

功一件！"而这一回，他之所以窥着产下狐狸后失去意识的妻子的脸，极尽讽刺之能事地说出"你可真是给我立了大功呀"，也是五年前的记忆清清楚楚地在他心里复苏的缘故。伴随着记忆的复苏，他的怒火也愈发激烈、愈发熊熊地燃烧起来。这股不知该向谁发泄的怒火，不管怎样，都只能向妻子和妻子生下的狐狸发泄出来。

"听好，去把夫人生下的这只怪物放在两块石头中间，把头骨砸开，尸体埋进土里。绝对不可以让它活下来。"

左少将对着近侍严厉地命令道。这可怕的死亡宣告，也径直传到了夫人的耳朵里。夫人仰躺在床上，心思呆滞地听着这个命令。

事实上，夫人那被伤得七零八落的心，已经是再想收拾都收拾不起来了。明明自己刚刚出世的孩子就要被杀了，自己却一滴眼泪也流不出来，没有一点儿悲伤的心情。虽说是狐狸崽儿，毕竟是从自己肚子里生出来的，那就该是自己的孩子吧。然而即便明白这个道理，要说那只绒毛小兽的身体里沉着自己的血，也实在是想象不来。况且，她也知道自己遭到了丈夫的怀疑。怎么可能呢？丈夫竟然在猜疑自己是不是因为狐狸受了孕，竟然在怀疑自己是不是被长尾巴妖怪给附身了。无辜的自己身负嫌疑，对她来说，本就已经非常痛苦了，然而即便是在无意识里，自己竟会被猜测叫畜生给调戏了，这事更让她感到无法承受，因为这严重地伤害了她的自尊心。如此这般，夫人的心便寸寸地被撕得粉碎了。

到了晚上。

在长久的辗转反侧之后，夫人终于在天将拂晓的时候陷入了轻浅的睡眠。待她再次睁开双眼时，却感到听到了微弱的婴儿啼哭声。那哭声好像是从隔壁的房间传过来的。再侧耳倾听一下，甚至还可以听到老婆婆哼唱的摇篮曲似的调子。一种朦胧的预感让她感到心如刀绞，她不顾自己才刚刚生产的虚弱身子，竭尽全力从产床上爬起来，来到廊下。

拉开拉门后，眼前是一间小屋。虽然已是深夜，但灯台仍红彤彤地燃着，五六个垂着头发的女官，脸上带着非常困倦的表情，正围坐成一个圆圈。女官之中，有一位白发老婆婆，十分宝贝地抱着一个穿着崭新婴儿服的小宝宝。不知道这件婴儿服是谁缝的呢？白色的绸子上缀满银箔做的聚宝纹样[1]，再配上红色的领子，看起来非常艳丽花哨。婴儿服里面的小宝宝是只小狐狸，嘴巴尖尖的，圆圆的眼睛滴溜溜地四处看。虽然还是小宝宝，可到底是只狐狸，只见那衣服的下摆里，已经垂着一条茶刷那么粗的金黄色小尾巴了。

---

1. 日文为"宝づくし"，是吉祥纹样的一种。这种纹样包括如意宝珠、万宝槌、宝钥、金囊、隐身蓑衣、隐身斗笠、金函、丁香、花轮违等多种吉祥图案，有时也会有松竹梅和鹤龟等图案的组合。这种纹样最早起源于中国，后来传到日本，在室町时代以后被人们喜爱和广泛使用。

抱着狐狸宝宝的老婆婆一边静静地前后摇动着身体，一边用奇怪的腔调和旋律唱着一段谁也没听过的摇篮曲：

嗷嗷嗷，怕怕怕，
船冈山的狐狸宝宝。
哭出来可会被狗咬，
不哭安睡才有的好，
会有油炸老鼠宝宝。
嗷嗷嗷，怕怕怕。

好奇怪啊，夫人不由得想，那狐狸崽儿应该被丈夫下令杀死，并且给埋在土里了呀。她一边这么想着，一边目不转睛地看着眼前仿佛梦一般的光景。仔细一瞧，小狐狸那两只宛如无患子[1]果实一般的眼睛里，盈盈地涨满了泪水。那小狐狸的眼睛和自己的眼睛，好像在空间里的某一点上发生了碰撞，瞬时，一种电击般的恐惧席卷她的全身。夫人发出一声惊吓的悲鸣，接着就昏倒在地了。

等女官们意识到出了什么事并急匆匆赶到时，幻影已经消失无踪了。左少将的命令确实被忠实地执行了，所以小狐狸已经不可能再在这个世界上了。因此刚才那一幕的确是幻影，这一点再清楚不过。

----

1. 无患子，果实近圆形，熟时呈黄色或棕黄色，直径 2~2.5 厘米。

　　就这么过了十天，过了二十天，夫人产后的恢复始终非常不好，甚至已经到了完全不能离床的地步。她整天整天地待在昏暗的房间里，一会儿躺下，一会儿起来，恍恍惚惚，沉浸在忧伤之中。像这样如同半个病人的日子，放在以前她可是想也想不到的。因为总觉得有什么看不到的东西一直缠在自己周围，不知不觉间，夫人开始变得无法忍耐一个人待在房间里。于是，哪怕到了晚上，烛火也通宵不断，女官们则要轮流在房间里值守。女官虽然是女官，可对于女主人恐惧的那个幻影，她们就像也能感觉到似的，因为害怕自己也在不知不觉间被侵犯、被影响，所以对于在房间轮守这项差事，所有人都极其害怕。

　　比方说，经常有这样的情况：某个时候，也不论是白天还是晚上，夫人的两鬓浮起湿漉漉的油汗，突然像受了惊一般发出尖叫。接着，就像一只鸡的打鸣会接连引发一群鸡的打鸣一样，女官们悲惨的叫声继之而起。就好像宅子里栖息着某种眼睛看不见却威胁着女人们的活物似的，只要时间一到，它便会在房子里出没。

　　亲族里有人提出意见，说夫人就是因为总在家里闷着才会情绪不好，认为偶尔出个门，去转换转换心情也是有必要的。于是第二年的阳春三月，夫人就牵着已经长到六岁的星丸，在五六个女官和仆人的陪伴下，整齐利落地穿

好壶装束 [1]，远行到岚山附近。以前提起岚山，人们便会想到红叶，不过自打龟山上皇 [2] 把吉野的樱花移植过来，那附近也开始变成赏花的胜地。虽说距离樱花盛开还稍稍有点早，好在那天晴空融融，春光洋溢在原野，也流溢在水面。因为好久没有被母亲拉着手带到远处玩了，星丸那天格外兴高采烈。一来到樱花树下，他便立刻放开母亲的手，笑着闹着和女官们玩起了追逐游戏。

在令人目眩的花海之下回过神来时，夫人已经成了孤身一人。因为星丸很久没有这么闹腾了，所以夫人的心里也变得欢喜非常，以至于即使一个人也很自然地绽开了嘴角。只不过，在夫人内心的角落里，总怀疑自己是不是被樱花迷惑了，所以才产生了毫无理由的欢喜？这种警戒心残留在夫人心里，怎么也去不掉。说起来，星丸和女官们到哪儿去了？

一瞬间，不安掠过心头。这时，对面出现了一位和这场景完全不搭的老者，头戴乌帽子，身穿直衣 [3]，一副公卿模样。那老者迈着蹒跚的步子，向自己这边靠过来。夫人定睛一看，意外地发现竟然是自己的父亲。

---

1. 壶装束，平安时代女子外出或旅行时所穿的装束，在广袖和服或小袖之外，另外用一件广袖和服或小袖遮住脸，同时下摆也拉起系在腰间。
2. 龟山天皇，镰仓时代的天皇，1260—1274 年在位。
3. 乌帽子，日本从平安时代直到近代，成年男子穿和服礼服时戴的一种礼帽。直衣，日本平安时代以后，从天皇、皇太子、亲王以至公卿家的男子穿的一种常服，最早经常和乌帽子配套穿。

"父亲大人，真没想到会在这种地方遇见您。"

"嗯。"

父亲一张脸板得很严厉，刚从被衣[1]的外面窥视一般盯了一下女儿的脸，就开口道：

"月子，我有话要跟你说，这才特地到这里来见你。"

"哎呀，有什么事儿吗？"

"你还不明白吗？之前你生了狐狸崽子，这可是难以启齿的全族之耻啊！这事儿实实在在让我操了不少的心。左少将大人也是气愤难平，看样子这以后是要和你断绝夫妇的情分了！这也是理所当然的。事到如今，我也不想再听你找什么理由了！你最好心里明白，你所犯的过错，可比一般的私通苟合还要严重得多！"

"可是，父亲大人，女儿对这事一无所知啊！"

"你在说什么呢？明明现在孩子都生出来了，却说不记得干过造孩子的事儿？可真是睁着眼睛说瞎话！你生的那个狐狸崽子，不就是摆在眼前的证据吗？"

"虽然是这样没错，可是女儿真的完全不记得有过那样的事啊！"

"记得也好不记得也罢，证据就是证据。婆婆妈妈的话就不要再说了！既然整个家族的脸面都被你抹了黑，想必你也心里有所觉悟了吧？"

---

1. 被衣，即壶装束外面披来遮脸的那件衣服。

"是……"

立时，夫人全身的力气都被抽空了，心被拖拽到一种自暴自弃的状态里，好像连活着也嫌麻烦，干脆死了还比较痛快。她感到自己在不断地不断地陷进一个黑暗的洞穴里。与此同时，到刚刚为止都还沐浴着春光、发出银色光芒的花海，现在看来则成了灰蒙蒙的哑银色。日光骤然变暗，周围的风景也变得暗淡凄冷起来。

看到如此景象之后，夫人接着便发觉每一株樱花树的背后，都潜藏着一只小狐狸，正一动不动地暗中窥视自己。

夫人仿佛被什么附身了一样，摇摇晃晃地往前走了两三步，不紧不慢地抬起自己的双手，捏住了自己的脖子。看起来，这是在这个地方，自己所能选择的最简单的死法了吧。

小狐狸们一齐起哄道：

"用力呀！"

"用力呀！"

渐渐地，夫人的脸上开始充血，这一点她自己也意识到了，可她居然非常坚决，手上丝毫没有放松。两手在脖子上越掐越深，眼看着脸涨得通红。从鬓角到额上的发际之间，已经布满了淋漓的油汗。不久，被衣落到了地上，舌头也从口里吐了出来，夫人一边痛苦地挣扎，一边像陀螺似的滴溜溜地乱转。啊，已经死了吧，她心里想着。

　　就在这时，刚才还不知道跑到哪儿去、一直不见人影的星丸迈着小步跑了过来，他发出疯狂的呼喊：

　　"妈妈！你在干什么呀？！"

　　瞬间，樱花树后的小狐狸们也好，戴着乌帽子穿着直衣的父亲也好，一下子都像被抹去似的消失不见了。与此同时，灰蒙蒙的哑银般的花海，再一次灿烂地反照出银色的光。方才四周那奇妙又暗淡的风景，也重新恢复了正常的光亮。和星丸一起回来的女官及仆人们，好像还在梦里没有完全醒来似的，一脸呆若木鸡的样子。

　　这是妖怪。随着日子一天一天过去，夫人渐渐开始与妖怪频频相伴起来。虽然也未必尽是像岚山野游时遇到的那样叫人害怕、叫人抑郁的事儿，可是不论何种场景下，都绝对会有狐狸现身。再接下来，狐狸对于夫人来说，就渐渐不再是单纯恐惧的对象，也不是单纯厌恶的对象了。有时候，恐惧感和厌恶感甚至会愈发地减弱，一种几乎可以称之为眷恋的感情会从她的心里涌出来。对于这一点，连她自己都感到吃惊。不知道为什么，夫人坚信自己生下的狐狸崽儿是个女孩子，也就是说是只雌狐。

　　"来吧，咱们去参拜神社吧。"

　　某一天，夫人牵着走路还摇摇晃晃的小狐狸的手，往船冈山北面的今宫神社走去。因为夜须礼祭[1]早就已经结

---

1. 今宫神社的夜须礼祭，是与鞍马寺的鞍马火祭、广隆寺的太秦牛祭并称京都三大奇祭的祭典。

束了，所以夫人心里猜测，到紫野这附近来的人应该会很少才对。所以即便是和小动物结伴走在路上，应该也不会被人注意到吧？至于说为什么夫人要特地选择今宫神社，大概是因为在她朦朦胧胧的记忆里，还残留着以前听老婆婆唱的摇篮曲里有"船冈山的狐狸宝宝"这一句吧。她一边牵着小狐狸的手走着，一边仿佛陶醉于一种异样的幸福之中。为什么自己会这么幸福呢？她感觉情绪高扬，好像连自己也要变成妖怪了似的。

这种高昂的情绪在她踏入神社院落的瞬间灰飞烟灭了。不知道是有什么活动，只见町人的老婆们三三五五地领着女儿，正在参拜神社，于是就迎面撞见了。那些女孩儿们个个头上别着花，鼻头上涂着白粉，身上穿着华丽的祭典礼服，被母亲的手牵着——当然也有不是被母亲，而是被祖母的手牵着的。一看到恰如文字所示般幸福的这群人，夫人那高昂的情绪便一下子萎靡了下去。

和她们比起来，牵着小狐狸的自己看起来是多么滑稽、多么凄惨啊。夫人感到羞耻得无法忍受，几乎想要落荒而逃。于是，她把小狐狸藏在被衣的下面，打算等町人的老婆孩子们走了再说。她面部的肌肉痉挛着，她的手隔着薄薄的罗纱，用力地按着胖墩墩、有弹性的小狐狸的身体。小狐狸感到痛苦，想要动一动，于是她就用更大的力气按住它。可能是因为用力稍稍过猛了，等那一群人走了之后，她把小狐狸从被衣下推出来一看，只见它已经浑身无力地气绝身亡了。

"噢噢！噢噢！太可怜了！你要惨死多少次才够啊……"

夫人大声痛哭起来。她的被衣里面，还染着殷红的鲜血。

当然，读者若觉得这一节不过是夫人的梦境，那也完全无妨。只是，被衣的里面沾染的鲜血，仅此一点，希望诸位相信是真实的鲜血。若能如此，作为作者就无上感激了。

在播州的书写山脚下，梦前川缓缓流过的地方，避人耳目地建着一座左少将的别邸。当然，这个地方，夫人等人是不可靠近的。多年以来，左少将在这个地方无所顾忌地钻研魔法，度过了日日夜夜。他所钻研的魔法，乃是通过操纵管狐来显示各式各样神通的荼吉尼天[1]的咒祷。本来嗜好追求新事物的左少将就有些豪强派[2]的喜好，倾向于研究茶道器具，也醉心于收集唐国画作和唐国器物，然而终究还是发展到了仅靠物质世界已无法获得满足的地步。在觉念房这位同好的引导之下，左少将最终向形而上

---

1. 荼吉尼天，佛教信仰中的一种神，属于夜叉的一种。在日本和稻荷信仰发生了融合，一般认为的形象是骑着白狐狸的天女。
2. 豪强派，原文为"婆娑罗"，读作 basara，是日本中世的流行语，指的是无视尊卑重视实力、嘲弄徒有虚名的权威、讲究阔气排场、追求奢侈华丽的一种社会思潮。

的世界迈出了脚步。

上文我写到，左少将从物质的世界向形而上的世界如何如何，可是如果仔细地思考一下，就会觉得这个表达方式或许并不严谨。因为无论是荼吉尼天的咒祷也好，还是饭纲[1]的咒祷也好，总而言之，都是离了有超能力的狐狸就不能施用的魔法，所以咒祷的修行者面对狐狸也不过就是和面对物质一样。正如唐国器物具有作为物质的某种魅力，可以说，狐狸也具有作为物质的某种魅力。说起来，所谓的管狐，就是指尾巴像一分为二的管子一样、体积有小家鼠那么大的一种小型狐狸。当然也有一种说法认为管狐是因为被修行者放在火吹竹那样的竹筒里饲养，才获得了管狐这一称号。这样的话，简直就和收集狐狸没任何差别了。换言之，虽说是狐狸，但是对于魔法的修行者来说，就和唐国画作、唐国器物一般无二，只不过是收藏的对象而已。

不过，左少将并没有操纵管狐，他那魔法的效果是单纯依赖狐玉来实现的。狐玉又是什么呢？在解释狐玉之前，让我们先来讲讲他如何获得狐玉的来龙去脉吧。

某个六月的傍晚，一个身披蓑衣、头戴斗笠、形貌怪异的男子忽然出现，拜访了正在播州别邸里独居的左少将。那男子自称是江州朽木的木器匠人，他从背着的口袋

---

1. 饭纲，日本民间传说中的一种妖怪，也被称为管狐。有时也可以指役使饭纲的妖术。

里取出一个很大的鹿皮荷包，接着粗鲁地将那荷包用力丢到左少将的膝下，说：

"要是荷包里的东西不中您的意，只要在明天日落之后，到圆教寺内殿的乙天护法堂的外廊上，将东西连同荷包一起还来即可。要是觉得中意，想把这东西留在阁下手边的话，就请在荷包里装好五十两沙金，在同一时间，把荷包放到上述地点。至于阁下想怎么办，会如何选择，一切悉凭尊意便是。"

男子回去之后，左少将马上将荷包的绳索解开，只见从荷包里掉出来的是一块直径大概十厘米的漂亮狐玉。第二天，左少将便命令仆人如事先约定的那样，将五十两沙金送到了书写山上的圆教寺内殿去。毕竟，左少将觉得这块狐玉还值得留在手边的。

所谓狐玉，据木内石亭[1]的《云根志》所说，似乎应"得于死狐头中"，但其实也未必尽然，毕竟于河中网上拾得狐玉者有之，于山中地下挖出狐玉者亦有之。不过总的说来，狐玉大抵是狐狸得以显示其灵异的那种能量凝结而成的一块玉石，故而本来该是藏在狐狸身体里的某处，这么理解想必大体不会错的。也可以认为，狐玉是在小动物体内形成的一种半矿物质半有机质的石头，就像某种结石

---

1. 木内石亭（1725—1808），日本江户时代的奇石收藏家、草木学者。他从十一岁起游历日本各地，收集奇石异矿超过 2000 种，并对它们进行分类说明等，被认为是考古学的先驱。著有《云根志》《奇石产志》等。

那样。有人说狐玉像鸡蛋一样是白色的，也有人说狐玉是浅桃色的。另外有说狐玉坚硬如石头，也有说狐玉软乎乎的，按下去就会陷一个坑，放开手又会弹回到原来的形状。不过比这一切都更加不可思议的是狐玉在半夜会发光这一点。

左少将把这块狐玉安置在摆满了花瓶香炉的书房床押板[1]的几乎正中央，平常坐卧都会反复端详。明明白天的时候还不过是个一点儿都不好看的寻常白石头，可一到了晚上，狐玉就会让人吃惊地放出明晃晃的光来，且那光亮几乎刺眼。左少将几若发呆地盯着狐玉，可是狐玉的美怎么看都看不腻。大概过了五天之后，那位自称木器匠人的男子再一次翩然而至，并向左少将献上建议：关于那块狐玉，可以时不时地给它浇点水，但太阳光的直射是禁忌，而月光则无论怎么照都没关系。说得好像狐玉是某种靠夜晚的灵气活命的生物似的。

一如殚精竭虑培育盆栽的人，打那以后，左少将便为狐玉提供了最高等级的待遇。他照着男子吩咐的话，又是给它照射月光，又是为它时时浇水，为了能让狐玉的光亮渐渐变得愈加澄澈而费尽了心思。甚至在读经诵咒的时候，他也常常把狐玉带在身边，只为了尽可能地让它汲取某种神妙的能量。就这样过了数年之久，狐玉可以说已经

---

1. 床押板，日本中世时，在墙壁下方设置的用以摆放装饰品的厚木板，后来演变成摆放插花的壁龛。

和左少将同体连心，对他而言成了某种不可或缺的存在。拜这块狐玉所赐，左少将实现了多少奇迹之事，达成了多少心中的欲望，除了他自己以外没有人知道。而且，随着越来越多地贪婪地吸取左少将的野心和欲望，狐玉就仿佛经过了打磨似的，渐渐开始从内部放出油亮油亮的耀眼光泽。

如此这般珍贵的狐玉，却因为左少将某个时候干的一件不可想象的蠢事而毁于一旦。这事的来龙去脉，便如下面所讲。

对于妻子以及其他家人、亲戚，左少将严厉禁止他们中的任何人靠近这所播州别邸；可是唯独对他的儿子，他那钟爱的儿子，是另当别论的。左少将时不时便会制造机会，悄悄地把他叫到别邸来。也许左少将是想要趁儿子还是孩童的时候，就把只有男人才懂的那种豪强派精神灌输给他吧。不过，星丸自打长到八岁以后，就开始展现出难以对付的顽童脾性。即便是在京都的宅子里，他也是恶习不改，时而在女官的裤裙底下偷塞活蛤蟆，时而在她们垂着的头发上涂满黏黏糊糊的松脂，而对于大人们特别宝贝的东西，他喜欢一个一个地偷走。所以，当星丸在父亲书房里的床押板上，看到供奉在三宝之上、小心地安放着的狐玉时，他便禁不住起了恶作剧之心，一把夺过狐玉跑了出去——这也就没什么好奇怪的了。

等到脸色大变的父亲飞奔而来时，星丸正站在庭前，也不知道心里怎么想的，竟把狐玉对着太阳，眼睛贴在狐玉上，好像要一窥内部构造的样子。

父亲禁不住发出狂吼，从儿子手上一把抢过狐玉，勃然大怒，不能自已，冲着儿子脸上就是狠狠一巴掌。这可是左少将第一次打儿子的脸，仅仅八岁大的儿子顿时放声大哭起来。

自那以后，即便到了夜里，狐玉再也发不出熠熠的光了。它就像垂死的萤火虫一般，只能浑浊地发出微弱的黄光，而且连这光也渐渐地暗沉下去。也许就像木器匠人的所忠告的那样，对狐玉来说，直射的阳光等同于致命毒药。左少将于是陷入半狂乱的状态，虽然他还是给狐玉又是淋水又是沐浴月光的，可是狐玉仿佛一旦开始凋零，就无法依靠人力再恢复到以前的样子了。左少将的沮丧可以说相当严重。

然而与此同时，在这块已经浑浊了的狐玉内部，竟开始发生奇妙的变化。如果有人夜里突然醒来，就会听到从隔壁房间传来某种动静。那声音极其微小，咕咕哝哝，就好像锅里在煮什么东西似的。要是左少将索性起来，把书房的拉门打开看一眼，就会发现那声音明显是从供奉在三宝上的狐玉里发出来的。而且，随着日子一天天过去，那声音也逐渐变得强烈。等到那声音快变得像人说话的时候，左少将的心便被恐惧攫住了。虽然是沙哑的，吐字飞快的，总觉得不知所谓的某种鸟语，可这毫无疑问是人的语言。而且随着时间慢慢推移，这鸟语也渐渐变得清楚起来了。

在欧洲的魔法用语中，有所谓"反噬"的法则。比如某个人想向另一个人施加咒术，他就会对那个人发出诅咒的流体。这种情况下，如果对方的防御力量很强大，以至于他发出的流体无法实现诅咒的意图，那么这发诅咒就会没有着落，并且变成一股可怕的力量，转而流向发出诅咒的那个人。这就是所谓的"反噬"。大概这块狐玉也与此类似，在失去了光泽以后，其所积蓄的能量没了去处，于是就对它的所有者发生了反噬。

在隔壁的房间里，有个没见过的人打着呼噜睡着觉，还时不时地说出不明原因、不合时宜、恐怖可怕的梦话来——这种感觉让左少将简直没法安稳睡觉。要是置之不理，这狐玉会忘乎所以地胡说八道到什么地步，可是不容乐观。不过话虽如此，要想把属于自己的这块有着强大力量的狐玉扔到什么地方去，这事也很难办到，毕竟不知道那之后会有怎样的灾难降临到自己头上。可恨的星丸，都是他那莽撞的行为，害自己不得不面对这么忧虑重重的局面。一想到这一点，左少将就对自己的儿子满腹怨气。

终于到了某个晚上，狐玉开始泄露可怕的内容。在听到这些内容的瞬间，左少将感到自己的脸色唰地变得惨白。

"小子，记好了，你能高枕无忧的日子也就只有现在

了。你小子的罪可挺深！距离现在三年前，你可是对着这
块玉诅咒了你自己的妻子！你可是唆使饭纲山的狐狸强奸
了你自己的老婆！后来你老婆生下了全须全尾的狐狸崽儿，
你竟然心里燃起复仇的火焰，又把那狐狸崽儿残忍地杀死
了！而这一切可全都是出于你那毫不讲理的嫉妒心！"

　　要是从现代心理学的观点来看，这狐玉的声音，总归
可以用潜意识里的声音来解释吧。这么说来，确实左少将
曾经对妻子耿耿于怀，并且考虑过对她施以惩罚，而他耿
耿于怀的理由仅仅是一点点可疑的行动，或者某种几乎说
不上是出轨的出轨征兆。虽然说疑心生暗鬼，可左少将想
要的，却是让自己心中生出的暗鬼原模原样地变成现实，
以便为自己惩罚妻子制造口实。这类心理实在很难解释。
说不定，左少将其实是对妻子的贞洁有着过分的要求。而
且，一旦他心中产生了一点点怀疑，觉得这份贞洁可能会
遭到哪怕一丝丝损害，他就会产生一种无法抗拒的欲望，
想要主动把这份贞洁毁得一塌糊涂。

　　及至心中的暗鬼真的变成了现实，夫人也产下了狐狸
崽子，这时，他终于有了光明正大的理由，可以斥责妻子
的私通之罪了，他于是尝到了一种隐秘的欢喜——都是你
的错！竟敢做出让我怀疑的举动，哪怕只有一星半点，这
就是你的结果！这是理所当然的报应！事到如今，就算你
后悔也来不及了！虽然嘴上没说，可左少将心里的确这么
想。如果从这方面来考虑，那么那只强奸了夫人的看不见

的狐狸，就是代替左少将实现了他那隐秘的想法。如此一来，从这个意义上来说，狐玉所说的内容也的的确确是事实。

不，等一下。说不定我真的不只是在心里期望毁掉妻子的贞洁，而且就像狐玉所说的那样，在事实上也诅咒了妻子，并且操纵狐狸强奸了她，这也是有可能的。妻子之所以生下狐狸崽子，正是因为受到了我的诅咒。这样的思考方式，可能还更符合因果的逻辑。在大脑一片混乱之中，左少将竟至于产生了这样的想法。

于是这么想了一通后，左少将就好像从狐狸的精神控制中摆脱了一样，感到相当轻松。从那时开始直到早上，左少将便整夜未眠地诵读真言陀罗尼[1]。等早上的阳光照射进来，左少将留神一看，才发现不知何时三宝上供奉的狐玉已经碎成了齑粉，眼前所见只剩难看的黑石头碎片而已。

自打十五岁元服之后，星丸的名字就连同发型和着装一起，重新改过了。不过在这里为了方便起见，姑且还是继续用他的乳名吧。从作者的角度来说，并不是觉得给他想一个元服后的名字太麻烦了，只是对星丸这个名字感到

---

1. 陀罗尼，意译为"真言"或"咒语"等，在佛教中指佛菩萨护法以至修行者都可通用的一种无时间空间限制的语言，一般由梵文字母、音节、短句或长句构成。

依恋所以很难舍弃而已。

如今，已经长成青年的星丸有着和父亲一样的魁梧体格，同时继承了母亲那令人倾目的美貌，但是也对父亲表现出了彻底的反感。就好像违逆父亲这事儿本身已经纯粹成了他的快乐源泉，他无论如何都要摆出一副目中无人的样子，每件事都要让父亲的期待落空。每年他都会有一次或两次到与父亲分居的母亲的住处过夜，而他这么做也只是为了让父亲感到恼怒而已。

自从生下狐狸崽儿之后，夫人和丈夫之间的关系就变得非常冷淡。于是从那以后大约十年的时间里，夫人就仿佛自己主动隐退一般，闲居于京都北面草木深深之处。曾经那仿佛神经过敏一般的幻觉，如今也已经不再来增添她的烦恼。可要说她上了年纪，其时夫人也不过才三十出头，因为那件事是很久之前的了。丈夫现在和年轻的爱妾一起过着小日子，这事她当然也有所耳闻，但是她的心里也并不会涌出什么嫉妒的情感，毕竟那种事已经怎样都无所谓了。已经长大的儿子会时不时地来拜访自己，对这事儿她倒也不是不欢喜，只是近来他的拜访对夫人而言已更近于烦恼的源头。因为每次他到宅子里来，夫人贴身侍奉的年轻女官里就一定会有一个人莫名消失。

打小的时候起，星丸就特别喜欢对宅子里的女官们进行恶作剧，及至他长大成人，这种玩弄女性的爱好就越发强烈——对于他那种行为，称之为"玩弄"的确非常合适。左少将对豪强派、唐国器物的喜爱，竟然以这种方式被儿子继承下来，无论是当父亲的还是当儿子的，肯定都未曾料到。星丸把继承自母亲的美貌当成武器，对于出现在眼前的一切纯洁、一切纯粹、一切清秀的事物，只要抓到手里就要蹂躏践踏。对于星丸来说，这已经是一种燃烧不灭的异常炽烈的执念。

左少将对儿子的疏远态度开始赤裸裸地显示出来，究其原因，也是儿子在京都宅子里对女官们所做的事儿叫人实在看不过眼。如果单只是笼络女人们的心和身体，大抵还是很容易避过别人耳目的。可要在皮肤的表面留下新鲜的鞭痕和烧伤，叫人一眼就能看见，那就很难办了。纵是如此，要是穿着衣服倒还好，可一旦脱了衣服全身赤裸，便是惨不忍睹。所以左少将对于这事儿眉头紧锁，也是理所当然的。

某个秋天的夜晚，正值风狂雨暴之时，一队头戴绫笠、手持火把的马队伴着笃笃声来到夫人赋闲的居所门前。不用说也知道，这便是星丸一行人了。按照惯例，他们是要来此处借住一晚的。

不过这一回，昂然坐在马鞍上的星丸，腋下竟极其厚颜无耻地夹着一个身穿绯红下裙的年轻姑娘。是妓女吗？还是游女？不对，和她那绯红下裙恰成对照的，是在夜里也赫然在目的雪白襦衫，从她这一身打扮看来，多半是侍奉神灵的巫女之流。是强抢回来的吗？还是用花言巧语引诱来的？可以确知的是，无论属于哪种情况，这姑娘都将成为那星丸淫欲的牺牲品。

至今为止，星丸的确从未带着女人不请自来地造访母亲的隐居之处。即便是自己的儿子，这种做法也实在是太不知礼节了。接到通报后，夫人立时脸色发青，嘴唇紧咬。外面又传来马的嘶鸣声和好像喝醉了的男人们的谈笑声。这下夫人更加想干脆就让他们吃个闭门羹算了。

正在这时，门外传来星丸的扬声呼叫：

"母亲！求求您开开门吧！因为发生了点状况，所以儿子才带了个女人来，但是绝对不是为了行什么下流勾当！这个女人受了很重的伤，我是想为她疗伤而已！"

夫人把门打开了。除了一个仆人留下之外，其余的男人都回去了。星丸把腋下夹着的女人扑通一声丢在榻榻米上，摘下还在滴水的绫笠，在母亲的面前轻轻地低头行礼，然后才再一次看向女人：

"这个女人被架在木刑架上，手脚都被五寸钉钉着，肯定是被恶棍欺负了，是我们把她救下来的。可要是就这么放着不管，她肯定会没命的。我想至少要救她的性命。母亲，无论如何请帮帮忙，好吗？"

只见那女人仍维持着被丢在榻榻米上的姿态，全身虚脱无力，动也不能动一下。被雨水濡湿的黑色长发凌乱着，其中的一缕湿答答地贴在脸上。那是一张美丽的脸。虽然说美丽的脸这种表述方式实在是过于冷漠也过于抽象，但无论怎么说，这张毫无个性、宛如玩偶一样的雪白面庞，除了说美丽之外，也找不出别的形容词了。不知道是不是因为闭着眼睛，总觉得她那种毫无个性有点不食人间烟火的味道。襦衫的胸口敞开着，可以窥见带着阴影的乳房的隆起。下裙翻飞着，小腿肚的一截露了出来。这样子连想自己整理衣衫也力不能及了。毫无疑问，这女人受了严重的伤，现在非常虚弱。

确实像刚才星丸所说的那样，女人的两只手掌上开了洞，血从里面喷涌出来；赤裸的脚也是一样，两只脚都惨不忍睹地被穿透了，看上去一片血肉模糊。想必她会如此虚脱无力，也是失血的缘故吧。

对于儿子关于这个女人被恶棍欺凌的种种说辞，夫人未必会照单全收，但是当这个重伤累累、濒临死亡的姑娘出现在眼前，她也自然禁不住主动出手帮忙照料。

夫人把这女人运到自己的卧室里，并且一整个晚上都守在她的身旁，为她清洗伤口，用布包扎患处，努力止住渗出来的血。这个季节天气已经有些凉意了，所以火盆里也添了火，为的是让房间暖和起来。那女人过了一段时间后，终于一脸惊恐地睁开一双大大圆圆的眼睛，瞪着两颗漆黑的宛如无患子果实似的眸子。对一直在照顾她的夫人，她一句招呼也不打，连个谢字也不说。只是一副惶惶不安的样子，一边不断地微微颤抖，一边在被褥里一个劲儿地缩紧身体。她这副躺着的样子，会让人觉得这个女人的身材真是小巧得几乎无法想象。即使这样，看着这个女人哭也不哭，叫也不叫，整整一个晚上像哑巴似的一声不吭，一直盯着夫人的脸，夫人很快就开始感到毛骨悚然了。

隔壁的房间里，星丸好像无论怎么也睡不着，时不时地传来要么清清嗓子，要么特别用力地翻身的声音。

在夫人的卧室里，枕头周围围着一圈古老的月历屏风。屏风上，细致地描绘着大和绘风格的场景，虽然不知道是什么祭典，但可以看到小小的男女人物头上戴着插满花的斗笠，一起边拍手边跳舞。对于夫人来说，这屏风上的绘画本是司空见惯甚至可以说是看厌了的，所以当她终于悠悠生出几分睡意，随意用蒙眬的眼睛一掠，竟发现那画上的小小男女的脸都变成了狐狸脸时，她便吓了一跳。哎呀，这是以前的老毛病又犯了吗？还是说，不知不觉我已经睡着了，所以眼前所见都是梦境呢？就这么想着想着，不一会儿工夫，夫人就真的进入了梦乡。

于是到了早上。

即便是最里面的卧室，阳光也穿过缝隙勉强照射了进来。在那光线之中，夫人立即想到了昨晚的事，于是不知不觉地把目光转向了床褥之中那本应睡着年轻女人的方向。

女人不见了。不对，在本来应该是女人躺着的地方，取而代之的，正横卧着一条狐狸。圆溜溜的眼睛，尖挺挺的嘴巴，再加上那条粗大的金黄色的尾巴——这的确是一只货真价实的狐狸，却也毋庸置疑正是昨晚的那个女人，因为在它前后的四只爪子上，还可以看到夫人为她缠上的止血用的白布呢。而且从它那副表情上，总觉得可以看出昨晚那张怎么看都毫无特征的女人的脸的影子。

还不只如此。夫人从这只狐狸的表情上，总觉得还清清楚楚地看到了另一张脸的影子。那是早在十多年前的时候，她在梦里频频看到的脸——就是她自己生下的那只狐狸崽儿的脸。这只狐狸该不会是自己的孩子吧？这种感觉渐渐地变得确定起来。

这孩子决不能交到星丸的手上。无论如何都不能交到他的手上。若是交到他手上，不知道会发生多么恐怖的事情呢。夫人之所以会这么想，倒未必单纯出于一个母亲对乱伦之事的担忧。毋宁说，是因为在她的心里，那曾经和狐狸的幻影亲密地朝夕相伴的回忆突然被唤醒了，这样说还比较接近真实的情况。

没有一分一秒的犹豫，夫人便把那只狐狸带到秋日的原野上放了。于是当一脸沮丧的星丸进入房间，撞见夫人时，他便对夫人问责道：

"母亲，您究竟干了什么？"

"我把它放跑了。"

"岂有此理！凭什么要放她走？！"

不待母亲的回答，星丸就跌跌撞撞地飞奔了出去。从他那双眼睛里，已经再看不到其他色彩，有的只是一个被迷住的男人的疯狂之色。

　　第二天，夜雨初霁。在京都北面的原野上，滴着水的秋花正开得一片烂漫。原野之上，星丸和女人彼此爱抚着，仿佛永远不会停止似的。虽然在母亲看来确然是一只狐狸，但是在星丸的眼中，除了女人他什么都看不到。女人的臀部像少女一样并不丰腴，但只要她沉腰坐下，原野上的秋荻女萝就会被她的体重压得花残萼碎。

　　女人侧坐在地上，星丸把头枕在她绯红色的下裙上，在草地上长长地伸了一个懒腰。女人笑语嫣然地低头凑近他的脸，就势将双唇移向男人的唇。就在男人的唇和女人的唇将合未合之际，忽然，从女人的双唇间，吐出一颗白绿的珠子。女人将珠子喂给了男人，眼见着男人要咽下去的时候，忽又用舌头将珠子卷了回来，含回自己口里。接着珠子又吐到男人口中，然后又回到女人口里。就在这无聊的往复运动之中，星丸却产生了笔端无法描述的快感。每当珠子被舌头卷着从口中进进出出，星丸便感到自己全部神经的各个角落都像被阵阵涟漪席卷了一般，涌起甘美的战栗。如果能一直这样，就算这么死了也心甘情愿啊。星丸从心底里这么想着，陷入了陶醉的状态之中。

　　就这样，两人的唇一次次地接近，一次次地远离。不久，星丸的唇就开始失去血色，颜色苍白得显眼。他的呼吸也渐疏渐缓，时不时便会停下来。另一方面，女人的唇则光润欲滴地显出血色，两颊泛起潮红，宛若染上一层灿烂的樱花色泽。终于，伴着喘息，女人将珠子吞咽下肚，男人则全身灰白，气绝身亡。沉浸在至上陶醉之中的女人，此时终于情不自禁地从下裙里甩出了金黄色的尾巴尖。

在那之后又过了一阵子，有一只雌狐一边发出"嗷——嗷——嗷！"的高亢噪叫，一边朝着北山的方向在京都北面的原野上纵爪狂奔。而在这只雌狐的体内，一块小小的狐玉已经开始孕育生长。

梵论子

幕府的僚属里，有一位姓茨木的武士，于枪剑之技颇为精熟。在那个时候，江户城里的道馆正如雨后春笋一般四处林立。而以茨木的高超技艺，若是肯在其中开立一间，即便不能与玄武馆[1]分庭抗礼，也大可不必为招集合适的弟子门生而发愁。然而这位茨木却以年老为由，硬是不肯教人。茨木膝下有两个儿子，长子名为武雄，次子名为智雄。长子武雄承袭家法，百技皆精，其膂力之强更是人中翘楚。自二十岁初父亲撒手西去，武雄便继承家业，接手了父亲的职衔。这位长子血气方刚，爱意气用事，常常干出大言主张锁港攘夷一类的事来。

次子智雄年仅十七岁。和兄长相比，智雄的性格相当冷淡，所以攘夷之说也好，开港之说也罢，对他而言，都不过是些耳旁秋风。在一众坐论天下、心忧国事的青年之

---

1. 玄武馆，由千叶周作开设的"北辰一刀流"道馆。玄武馆与"神道无念流"的练兵馆、"镜心明智流"的士学馆并称日本幕末时期三大道馆。幕末维新时期著名的新选组总长山南敬助、组长藤堂平助等都出身于玄武馆。

中，智雄独独标榜彻底不问政治——不，与其说标榜这一立场，也许这么说更合适：智雄的存在本身就是这一立场的代言。之所以这么说，是因为在智雄的身上，最先能引起人们注意的，不是其内在的特质，而是其外在的容貌。换句话说，智雄生得标致纤丽，闭月羞花，其容貌宛如女子一般。因为他实在生得太漂亮了，以至于让人不由得想：像坐论天下、心忧国事这类庸俗之事，实在是不配跟他有什么瓜葛。固然，要说容貌秀丽者便不能关心政治，这大抵是没什么道理的；然而，若是女人般漂亮的容颜和不问政治的立场二者兼而有之，人们便会自然地觉得这重合不是偶然。

不过，若因此便觉得智雄是个懦弱的男人，那可就大错特错了。一如乃父乃兄，智雄年纪轻轻，便已经百般武艺样样精通，其中又特别以柔术见长。因此，尽管他在政治上秉持着与青年人不相称的超然主义，然而在同僚之中，对他不心怀敬畏的却是一个也没有。智雄柔术之绝妙，可以让他以蚁蛉似的纤薄身体，将相当沉重的巨物在空中平转如飞。有关这位智雄的勇武逸话，下面讲的一段可以为例。

某一天，智雄无所事事地溜达着往浅草观音的方向走。那一天好像是有什么祭典，附近相当喧腾热闹，尤其是浅草寺前商店街那一带，行人挤得摩肩擦踵。就在这车水马龙的喧闹之中，立着一个身着盛装、年方二八的良家小姐。那小姐携着两个侍女，正新奇地盯着剧场外广告板之类的东西细瞧。这时候，两个吊儿郎当挎着长刀的醉汉晃晃荡荡地往她那方向走去，也不知道是不是碰着了小姐的肩膀，那两人突然就开始无理取闹，找上了碴儿：

"哎呀，这谁家的小姐儿啊？咱俩这袖子碰上，也算是上辈子修的缘分，这要是不上哪个酒楼去，让你给咱爷们儿倒上杯酒喝，那可是说不过去哟！"

那小姐吓得转头就要逃，却被醉汉扯着袖子动也动不得。两个侍女手足无措地慌忙阻止，岂知那醉汉反而恼了，恶狠狠地把侍女撞到了一边去。小姐终于被逼得捂着脸大哭起来，可恨那两个不逞之徒还不知道适可而止，竟抓起她的腰带扯着便走。两个侍女越是哭着求他们住手，两个武士越是气焰嚣张。周围不知不觉已经远远地围了一圈看热闹的人，大家一瞥那醉汉腰上插着的长刀，便唯恐惹上无端的祸事，竟无一人敢出手相助。

刚巧智雄也要打他们身边路过——说起来智雄本不是个喜欢随意卖弄武艺的人，实在是这两个醉汉怎么看都不像是会听人劝说的家伙，这种情况下，最好的办法还是干脆一招给他们吃足教训。智雄如此思罢，便口中一声不吭，将手中铁扇忽地一翻，猛地打向其中一个武士的右腕。那被打的武士勃然大怒，大吼道："哪个胆大的？竟敢妨碍爷的好事！"说着挥拳便要打来。智雄顺势把身子往旁边一转，从旁一打，正中这人头面。只见那人两眼翻了一翻，身子便软绵绵地倒在了地上。另一个武士见此情形，两只醉眼立时涨得血红：

"小子，不要命了是吧？让你做爷的刀下鬼！"

那武士一边狂叫一边抽刀斩杀过来，但见智雄纵身一跃，仍是向手腕啪地一敲，那刀便轻轻松松地掉在了地上。智雄笑道：

"就这点把戏也想砍人？你们两个，也就是带着长刀四处吓唬人而已。一旦国家真的有事，不过是和木偶泥塑一般无二。要说盛世之饭桶，你二位可真是名副其实。"

这番话语音未落，智雄已再次上前一步，探手向这武士的肩头一打，不费吹灰之力，立马也让这武士趴在了地上。这一手真是漂亮又利落，远远围着看热闹的人群里发出好几声激动不已的惊叹。智雄转过身来，带着一脸清爽，对那小姑娘笑道：

"这两个家伙太阳落山前怕是直不起腰来了。快，趁这当儿赶紧回家去吧。"

虽听了这话，可那姑娘仍是醉了一般茫然不动，只是痴痴地盯着眼前这个在自身危急关头拔刀相助、却生得一副闭月羞花之貌的年轻男子的脸。那姑娘的双颊微微染上一层绯红，眸子里闪着似是仰慕的风情——倒是两个侍女代替她向智雄道了谢。

　　此时正值明治戊辰[1]之年，新旧两派势力原本东西分治的平衡局面被打破，东征的新政府军[2]大举进入江户后，原幕府手下的武士们遂拉帮结伙据守于上野的东睿山。茨木武雄亦立即投靠彰义队[3]，及至彰义队最初的组织者涩泽成一郎脱队，并于武州[4]另行组建振武军[5]后，武雄便引为同调，欣然前往。本来，涩泽做一桥家的家臣时，武雄就常常敬服他；如此一来，武雄更是与涩泽同生共死，以至

---

1. 明治戊辰，即明治元年，1868 年。这一年爆发了新政府军和旧幕府势力、奥羽越列藩同盟之间的全面内战，后世称为戊辰战争。战争以 1868 年 1 月 3 日开始的鸟羽伏见之战为开端，历经甲州胜沼之战、宇都宫城之战、东北战争、箱馆战争等一系列战役，最后于 1869 年结束。戊辰战争结束后，新政府军基本肃清国内其他主要战争势力，成为日本的合法政府。

2. 1868 年 1 月 3 日鸟羽伏见之战爆发后，时任幕府将军的德川庆喜临阵脱逃，于是朝廷发布了对德川庆喜的追逃令，新政府军在东征大总督仁亲王的率领下攻至江户。2 月，德川庆喜委任胜海舟处理此事，并将大将军位让给养子德川家达。在胜海舟和新政府军参谋西乡隆盛的交涉下，江户城于 4 月 11 日和平开城。

3. 彰义队，以保护德川庆喜为目的，由涩泽成一郎、平野八郎为首集结的武装队伍。最早由本多敏三郎等人召集，后选出涩泽、平野二人为正副队长。彰义队曾获旧幕府委任管理江户治安，后于 4 月转移到宽永寺（即东睿山）。5 月新政府军下令解散彰义队后，两方在上野发生武力冲突，最终经上野战争一役后，宽永寺被攻破，彰义队残党败逃，部分残党辗转又参与了箱馆战争。

4. 武州，即武藏国，范围大概在今日本埼玉县和东京、神奈川县的部分地区。

5. 江户开城后，涩泽成一郎和天野八郎在队伍去留问题上产生分歧，涩泽便带领一些人离开彰义队，到埼玉的能仁寺重新组建了振武军。上野战争时，振武军闻讯曾试图驰援，军未达而战败，于是涩泽收留了部分残军，并于当年 8 月成立新的彰义队，重任队长。

于后来随他共登榎本武扬[1]的军舰，一路退至箱馆五稜郭，直至在那里将年轻的生命留在了战场之上。

新政府军不好，旧幕府军也不好。同为日本人的两派之间竟互相开枪，这事让弟弟茨木智雄发自内心地感到十分厌烦。此时的智雄，正幽闭在下谷区御徒町的家里。自打上野战争以后，新政府军的审讯开始变得格外严厉，考虑到兄长的关系，自己无疑也很快会引起别人的注意。智雄思虑至此，便忽地心生一计。他买了假发，梳起了岛田髻；翻出母亲留下的和服，换上了一身女装；又找出胭脂水粉，在自己脸上轻涂慢扫一番。于是转眼之间，他便化身为一位如花似玉、弱柳扶风的窈窕淑女。无论怎么看，智雄都恰似嫣然宛转的少女，看着镜子里女装的自己，智雄感到十分满意。

不久以后，新政府军就追逼到了附近，并对幕府的残党进行严格的搜索。即使智雄已男扮女装，还是被抓住并遭到了盘问。当然，这时他还不知道兄长在箱馆战死之事，因为若按照时间顺序来看，这时候还是在武雄战死之前。只见智雄故作糊涂道：

1. 榎本武扬，幕府手下的外交官、政治家，曾留学荷兰，并任海军中将。戊辰战争中曾率领幕府舰队作战，德川庆喜脱逃后，榎本收聚甲兵，招拢残军，载至江户。江户开城后，因不满幕府一味退却的态度，最终带领旧幕府残存势力逃离江户，支援奥羽越列藩同盟，对抗新政府军。奥羽越列藩同盟崩溃后，榎本于10月20日带领残党登陆北海道，攻占箱馆，进入五稜郭，并宣布独立，被推选为总裁（即总统）。第二年5月新政府军进攻箱馆，榎本一方战败后投降。

"奴家两个哥哥一起到上野打仗去了，到现在还没回家来呢。奴家和老仆两个就这么在家里守着，又孤单又寂寞……该不会，哥哥们已经不在了吧……"

看到智雄以袖掩面，还一副泣涕涟涟、哭哭啼啼的样子，萨摩官兵们大抵对付不来女人，只彼此面面相觑，点了点头，连搜查也没正经搜查一下便回去了——这可说是正中了智雄的下怀。

智雄心里打算把家托付给亲戚，自己则暂且隐居起来等待时机。幸好他对扮女装颇为得心应手，这对于躲避乱世者来说可是极为方便的技能。于是智雄便足蹬草鞋，头戴笋笠，身披笈摺[1]，背驮裰裰——活脱脱一副女香客出门进香的行头。接下来的问题是：到哪里去比较好呢？这时候新政府军终于开启了北伐之战，无论是信越还是奥羽都悉数化为了战场。往北不行的话，那就只能走甲州街道[2]出去了。对了，就去身延山吧。那里的话，还有一些旧识。那里便好。如此这般确定目标后，智雄不由得感到非常愉快，步履匆匆地往内藤新宿[3]的方向走去。

---

1. 笈摺，信徒进行巡礼或游方时，为了防止背箱擦坏衣服后背而套上的无袖外套。
2. 甲州街道，日本江户幕府时代修建的街道，通往山梨县的方向。与同样以日本桥为起点的东海道、中山道、日光街道、奥州街道并称为"五街道"，是德川幕府为连接江户与全国各地而修建的主干道。
3. 内藤新宿，即甲州街道上所设的驿站中距离日本桥最近的一个，与东海道的品川宿、中山道的板桥宿、日光街道和奥州街道的千住宿并称为"江户四宿"。

"险峻崎岖上，倦足复行行。岿然不动者，吾亦与此同。"小佛岭的峰顶上坐落着石造的地藏像，这便是小佛岭得名"小佛"的缘由。这首歌也正是由此而来。而在伊势斋宫[1]的忌词中，"岿然不动者"指的便是"佛"。终于临近了武州和相州境内的小佛岭，虽是茨木智雄，也累得双腿好像变成了棒槌，在峰顶的小路上，不得不一时变身石造地藏像，成了"岿然不动者"。偶然往四处一瞥，却见一旁恰有四五个粗野山夫，席地坐成一圈，正在赌博。天不怕地不怕的智雄，毫不退缩地凑上前去，问道：

"不好意思，奴家想打听一句，上野原可是还在前方吗？"

山夫中的一人答道：

"那儿啊，还得有个三里地呢。不过前面就是下坡路了，好走不少。大姐，你这是上哪儿去啊？"

"奴家想到身延的山久远寺去参拜。"

于是瞬间，眼神邪恶的男人们把脸凑在一起，开始偷偷摸摸地小声嘀咕起来，看样子是在商量什么不好的事儿。一个好像是这圈人里的老大模样的男人毫不客气地盯着智雄的脸看了一会儿，接着转头小声跟同伙们说道：

"这等绝品的美人儿竟然转悠到咱们小佛岭来了。甭管怎么说，这家伙都是个稀罕货。"

---

1. 斋宫，从日本古代到南北朝时期，在伊势神宫侍奉的斋王的住所。斋王指在神宫里以巫女身份侍奉天皇或准天皇的皇女。

一群人拼命点头：

"没错儿！"

于是，这圈人中的老大再一次转向智雄，切切地劝诱道：

"大姐，我说这话也是为你好，要不要跟哥儿几个一起到甲府去转悠转悠？甲府有个地儿叫花街，那地方可是金殿琼楼，宛若人间的极乐世界！我们真是想带大姐你到那儿好好儿玩上一玩呐！"

智雄仍是纹丝不乱：

"奴家是要去拜佛的呢，可不是去玩儿的。看这天色都已经昏暗下来了，请别管我了，放我走吧，让我过去吧。求求各位行行好吧！"

"拜佛能有啥好处嘛？可要是到那花街去，把那锦衣玉食、漂亮男人选上一选，再往那软蓬蓬的被子里睡上一睡，比这更好的荣华富贵可是想也不敢想的了！像大姐你这么标致的人儿，只消稍稍使上点儿手段，金银还不得哗啦哗啦从地面往上涌哟！"

"可没人说过想要金银哦！无聊！"

"真是个不懂事儿的老娘们！还想让我费事到啥时候？劝你还是照着哥儿几个的话做了，不然的话，哥儿五个就把你扒光打死，把你屁股上的肉旋下来切成肉丝下酒吃！哼，你好好考虑考虑吧。你最好想明白，你现在可是站在地狱和极乐世界的分岔口！"

智雄似乎觉得很可笑，笑着说：

"奴家还以为这座山是小佛岭呢，怎么，原来也通往地狱呀？这奴家可真不知道。奴家对金银什么的虽说没什么兴趣，可肚子确实有点饿了呢。喂，既然有酒，能不能也分奴家一点喝呀？"

那老大十分惊愕，道：

"这家伙，脸上看不出来，竟是个胆大包天的女人！算了，想喝就让你喝吧。不过在那之前，先让哥儿几个尝尝滋味儿吧——你那身体的滋味儿！到那边儿去！"

那老大拉着智雄就往树林里面拽。智雄却镇定自若，一动不动。只见他缓缓地伸出长臂，将那人右手用力一拧，大喝一声，便将他整个儿投掷在地。其他几人见了大惊失色，忙要从背后将他紧紧抱住。智雄咻的一下从他们手下钻出，仍是将长臂一伸，猛地刺向一人的左肋骨，那人立时仰面朝天，摔在了地上。接着另两个人从左右两侧夹击，挥动拳头向智雄打来，智雄只把身子一沉，向后一退，那两人的拳头便可笑地落在了对方身上。紧接着又一人抽刀朝智雄砍来，智雄将身子翩翩一转，一脚踹在了那人腰上。砍了个空的山夫身子顺势往前一趔趄，手上的刀刚好砍在石头上，当即脱手落了地。

智雄立刻敏捷地夺去地上的刀，这回，对着那从背后挥刀偷袭的家伙，他瞄准了右手腕，在身子将转未转之际，狠狠地让他吃了一记刀背砍。结果这家伙岂止吃不住痛掉了手上的刀，甚至因为手腕麻痹整个人都瘫倒在了地上。就这么着，五人里面有四个都被智雄的刀背掀翻在地，要么是两眼冒金星，要么是彻底败下阵来。剩下的一个便是那位老大了。他好不容易才又爬了起来，也抽出刀来，没头没脑就是一通胡劈乱砍。智雄嘲讽地笑道：

"稻草人般不值一杀的家伙，且看我用刀背困了你。"

上来对着右手腕便是一击，那手腕便立刻失去了挥刀的能力。接着又向两脚唰地横扫，那两脚便也立刻失去了迈步的能力。老大像只乌龟似的在地上爬来爬去，苦苦地呻吟道：

"我真是瞎了狗眼，尊驾莫不是五品大人吧！刚刚真是有眼不识泰山，得罪了尊驾，还请尊驾万万恕罪！"

"五品"，或者说"狗宾"，指的乃是天狗的一种。要说天狗化身成女人，此事确实是闻所未闻，然而对于转眼间便被智雄的快刀绝技横扫击溃的五个山夫而言，这等武艺，怎么想都绝非人类所能有的。智雄走到路旁的石头上坐下，拾起掉落在地上的烟管，悠然地吞云吐雾起来。

"被认错了也真烦，我可不是天狗啊。老实说，我也不是什么女人，而是货真价实的男人。只不过暂时因为某些缘故，需要乔装避世而已。"

说到这里，倒在地上的一个家伙抬起头来，细细地盯着智雄的脸看了半晌：

"阁下该不会是茨木大人家的二公子吧？"

"嗯。你怎么会知道的？你又是谁啊？"

"因为您着了女装，所以我只想着是个小姐，便不觉看走了眼。其实我以前在先君手下做过提草履的差事，敝姓可内。"

"原来是可内啊！说起来，好像我很小很小的时候，在御徒町那边的宅子里，经常跟你一起玩儿呢。这可真是奇遇。"

就这么着，在可内的撮合之下，智雄和这伙赌博的山夫热络了起来。首先，为了表示双方握手言和，智雄跟着可内到了他的隐居之处。在这里，智雄和山夫一伙整夜推杯换盏，歌舞狂欢，不喝到心满意足绝不停杯。可内这所谓的隐居之处，其实不过是间用破烂瓦顶和泥板围成的破庙，无法想象是人可以住的地方。院子里面青苔满地，草木疯长；正殿里面生着兔脚蕨，房檐也是歪的；门旁边有间约莫一丈[1]见方的屋子，勉勉强强还算能遮风挡雨。就在这间一丈见方的屋子里，智雄和众人围坐一起，谈笑风生，没止没休，直到天色蒙蒙然开始发白，一干人等总算酒足饭饱，昏然睡去。待到第二天，仍是如此，只将美酒好肉等酒食凑在一起，就要重开酒宴。正此时，智雄恍然间想到一事，如此这般向可内打听起来：

"我说，这屋子也真够脏够破的了，这草席不都烂得

---

1. 一丈，约合 3.03 米。一丈见方原文写作"方丈"，指四叠半大小或四叠半大小的房间。

七零八落的了吗？我记得佛堂的左边好像有间空屋子，看起来还算过得去，你干吗不搬到那里去？"

"哎呀，我以前也是在那儿住过的啊。只是那儿每天晚上都会有奇怪的妖怪现身寻仇，实在没办法，我这才搬到这儿来。话说这寺庙之所以沦落到现在这样，我寻思着，是不是也和原来寺庙里的和尚都被妖怪杀了，打那以后再没人敢住有关呐。"

"呵，原来是妖怪啊。要说是妖怪的话，那可就再好不过了。且等我将它抓来，给咱们做下酒菜。无论如何，今晚我就要在那间屋子里住了。"

可内为首的一干人皆担心不已，屡次三番试图劝阻智雄的莽撞打算。可惜智雄本就是个天不怕地不怕的人，一旦说出口的话，就是八匹马也拉不回来。特别是现在又喝了酒，胆气尤为豪壮。最终，众人不得不放弃了劝阻的企图，转而说定一旦智雄出声求救，大伙儿就一起赶去施救云云。

当晚，智雄携着一把长刀，只身潜入佛殿旁的房间里。是夜，月上梢头，清冷的白光照在格子窗上，一副毛骨悚然的山中夜景。有时，明明外面一丝风也没有，却好像栗子树的刺果自然爆裂一般，从房顶传来吧嗒吧嗒的响声。

智雄曲着胳膊肘，在尘埃遍布的床上大大咧咧地躺了下来。不由自主地，他将和服的下摆分开，手接着就滑到贴身裙下面，轻轻地，悄悄地，用掌心握住了自己的囊袋。想到自己一身女装，手上却握着男人的象征，这副模样，连自己都感到好笑。贴身裙的底下，那收着两颗小丸的袋子并没有完全缩上去，可是，它也没有吊儿郎当地垂下来，而是保持着一定的褶皱和弹性，盘踞在两腿之间。智雄对这个状态感到很满意，便无所事事地摆弄起那话儿来。其实这也好那也好，都不过是智雄的癖好而已。一旦无聊的时候，他就会开始摆弄。摆弄着摆弄着，再加上前一天晚上就开始喝个不停的酒劲上来，智雄不知不觉间就迷迷糊糊地睡着了。

时辰差不多已到了二更上下。忽然间，耳边传来登然足音。智雄猛然张开双眼，却见眼前来了一个住持侍童似的翩翩美少年。这少年上身一件紫缩缅的大振袖，下身一袭白练绢的裙裤，脸上淡淡施着薄妆，嫣然一笑，款款而来。智雄忙乱间赶紧理好衣领，合上下摆，规规矩矩地坐了起来。只听那美少年开口道：

"这位小姐，是在这里安歇吗？这荒山小庙里连个住持也没有，小姐一定感到非常寂寞吧。"

这声音宛若裂帛一般难听刺耳，而且不甚清晰明了。智雄警惕小心地坐着，一句话也不答。那少年一点点凑近智雄，猝不及防地发情动手，将智雄的身体抱在怀里。

"多么娇艳可人的小姐啊。您其实心里一直在等着我的到来吧？来呀，让我来为您侍寝吧。"

一边说着，少年一边用力欲将智雄扳倒。看样子是要霸王硬上弓了。这少年力量之强，实在不是寻常的较量手段可以抵挡的。此外，他那双手上的指甲实在锐利得吓人，要是被这指甲划上一划，绝对片刻都支撑不住。智雄姑且做出任由对方摆布的样子，不动声色地等待时机。于是，他便如对方所愿躺了下来，悄悄地向少年的阴处摸去。待到得手，只觉那物有如鞭子一般细细长长，显然非人类所有之物。智雄立时心中领悟，这无疑便是兽类的membrum virile[1] 了。

被智雄调戏了阴处后，少年下流地欢喜起来，发出吱吱的笑声。这笑声片刻不停，并且渐渐地开始变得狂乱邪气起来。与此同时，少年把幻术也忘在了脑后，终于暴露出原形，原来竟是一只巨大的老猴——说是老猴，或者应该说是一只上了年岁的狒狒吧。老猴双目紧闭，单口大开，从嘴巴里喷出热乎乎的喘息。那挂着口水的嘴唇如此之大，以至于当它翻上去时，差不多能遮住整张猴脸。智雄悄悄地抽出刀来，一口气从老猴的嘴巴贯穿到后背，用尽全身力气使劲一剜，只听那猴惨叫一声，当场毙命。

一听到野兽绝命的惨叫，人们不待其他，立刻擎着蜡烛跑了过来。仔细看看这东西，大小和人类一般无二，毛色已经斑白，锐利的爪子像老雕的一样。要是正面和这东

1.英语，阳具。

西对抗，哪怕是杀得了它，也绝对会被这爪子所伤。而智雄如此乘虚而刺，便正如他的名字所示，乃是以"智"取胜。众人纷纷表示感佩。之后，众人将房间打扫干净，准备好座席，待到酒宴再次达到高潮之际，众人将那老猴的肉割下来煮了。可肉入口中，那滋味实在说不上是美味。

在山夫们的贼窝里住了几日之后，智雄终于要告辞了。虽然恋恋不舍，但老大和可内还是决定到甲府去给他送行。在甲府，他们在某个号称一流的妓院楼上为智雄举行了气派的送别酒宴。智雄转头对老大一笑，说道：

"我可是差点就要被你狠心卖到这里，被迫给人家干活了哟。那样的话，现在应该是娈童了吧？"

"哎呀，真是不好意思，快别提了。"

出了甲府，智雄继续往身延山走去。

"不意忘山名，湍声作雨声。名其箕面者，可是借音成。"[1]有一种说法认为，"身延"二字本来应该写作"蓑夫"[2]，正如歌词中所唱，身延山是因瀑布的声音而得名的。尽管没有蓑衣，智雄还是头戴竹笋斗笠来到了身延山麓，寄居在他的某位僧人叔父担任住持的寺庙之中。在具述了

---

1. 这首歌词见载于镰仓时代后期藤原长清编选的《夫木和歌抄》。作者在引用时不知是否故意将"箕面（みのお）"改写成"みのぶ"，此处暂据原文翻译。这首歌大概的意思是，因为忘了是箕面山，所以错把箕面瀑布的声音听成了雨声；于是想到用"箕面（みの）"二字命名此山，会不会也是借用了雨具"蓑（みの）"的音呢？
2. "身延"和"蓑夫"在日语里都可以读作"みのぶ"。

江户纷乱的情形，表达了想要暂时在这里藏身的想法之后，僧人叔父欣然应允，即刻将一间空房打扫干净，提供给智雄暂住。因为这位叔父略有藏书的癖好，故而智雄便在这里全神贯注、日夜不休地读起书来。

　　不久，都下复归宁静，又有人提议招募全国各处的文武之士。这时候，将军已经退居骏府。智雄倒是全然不想去藩阀政府[1]谋个什么一官半职，只是作为土生土长的江户人，哪怕是江户如今已改名为东京，还是自然而然地觉得要回到那个地方去。唉，回东京去吧！僧人叔父也并不强留，为智雄准备好旅途所需之后，他对这位侄子说道：

　　"来的时候，在笹子、小佛的山道上想必遇到过麻烦吧？这回要么还是雇只小船，沿着富士川顺流而下，从岩渊往东海道去，你意下如何？如此一来旅途轻捷，沿途景色也煞是好看。偶尔奢侈一下，来个舟行富士川也不错哦。"

　　"原来如此，说得也是。"

　　终于到了与叔父辞行，将要踏上旅途的时候了，智雄口吟一绝，便是：

　　　　池头罢蛙战，山下斗秋妍。
　　　　谁识鸡园底，三旬脱俗缘。

　　"有趣，我也和诗一首，与阁下饯别吧。"僧人说罢，

1.藩阀，即由明治维新前的旧封建主结合成的政阀。

也取出诗笺与笔墨，道：

> 黄花含露艳，枫叶入秋妍。
> 流水鸣琴筑，新声导旧缘。

吟罢录于笺上，奉予智雄。智雄谢过之后，便行告辞。自然这一路已不必再作女装，毕竟时移世易，已不再有此必要了。

寄身于富士川上的小船之中，智雄取出诗笺，反复吟读叔父写给自己的绝句。然而读过之后，对于这结句的意思，智雄却怎么也想不明白。"新声导旧缘。"新声是什么？旧缘又是什么？也罢也罢，仓促之间吟咏成句，多少有些未能尽善尽美之处，也是在所难免。大抵是推敲不足之失吧。如此想罢，智雄便对此不再深究，转眼之间已忘得一干二净。

在奔流卷石的飞湍之中撑竿运桨、顺流而下十余里之后，小船终于安然无恙地抵达了岩渊。在叔父的寺庙里过了长达一个月的禁酒生活后，智雄一进岩渊的旅店，便脱了草鞋，叫店家速速去拿酒来。当夜，智雄享受了久违的独酌之乐，酒壶空了又空，人也醉得遍体舒爽。初更刚过，他便颠前倒后地酣然睡去。待到黎明将近，智雄猛然睁眼，只觉酒醒后喉咙干渴，而且大概因为腹中小便充盈，下体也异样坚硬地勃起着。这是常有的情况，倒也没什么可讶异的。智雄打算起身去茅房，便睡眼惺忪摇摇晃晃地往廊下走去。

茅房的位置在走廊的尽头。智雄用手按着频频要向上抬起的下体，一边伸了个大大的懒腰，一边对着马桶长长地放出尿来。无意之间，智雄发现在眼前这块煞风景的板壁上，有个咸丰通宝那么大的小小的节疤，而且这小小的节疤上还稍稍开着孔穴。哎呀，这是什么呀？智雄漫不经心地把一只眼睛贴了上去，接着却大吃一惊。此时天已泛白，外面照理该是天色渐亮的样子，然而智雄透过这宛如荷兰进口的望远镜往外一看，节疤另一面的世界四境无处不澄澈光亮，一直能看到远方烟雾的尽头，显示出无比宏阔广大的深度。

透过节疤的孔穴，智雄到底看到了怎样的光景呢？

在圆圆的视野的中心，可以看到东海道旁夹道的松树。左边是勃然隆起的小笠山，所以看到的地方大概是挂川或者是日坂附近吧。不，可能是还要远的地方。竟然能看到那么远的地方，这实在是太不可思议了。可是既然是亲眼所见，这种不可思议的事儿也只能当成现实接受了。在那夹道的松树之下，闪现出一位一身行旅打扮的少年。那少年一步步向自己这边走来。随着他靠得越来越近，甚至连那少年岁数尚轻、前发初覆额的样子都能看得一清二楚。少年的周身仿若笼罩着某种特别的灵气，也正是因了这灵气，少年在智雄的视野里变得格外鲜明显眼，那身姿竟若刻印在智雄的眼睛上一样。

　　据说所谓的诹访七大奇观中的一个，好像就是说，如果在下诹访的普贤堂的板壁孔穴上放上一张纸，那纸上就会映出远在上诹访的三重塔的影子。智雄心不在焉地寻思，现在自己透过这节疤孔穴看到的光景，说不定也是和那种现象类似的吧？照理本不该相信这种无稽之谈的，然而如此历历在目地展现在眼前，又教人没法不信。小便早就撒完了，然而智雄却仍立在茅房中，眼睛久久地不能从孔穴上离开。这时候，智雄发觉那在夹道松下匆忙赶路的少年，好像确曾在哪里见过似的，这叫他心中升起一种奇妙的不安。不对，这哪是似曾相识，这家伙分明长得和我很是相像啊！不知不觉思虑至此，智雄感到仿若周身浸泡在冷水里一般，混杂着不安和爽快，一种难以形容的震惊袭上心头，让他在战栗中久久地伫立着。

　　从袋井的旅馆出来后，少年就感觉到身后好像被一个男人如影随形地跟着，无论怎样都没办法不介怀。为今之计不如让他先行，少年如此打算，便在某个路旁的茶铺坐下歇脚。片刻之后，那家伙也现身了，却和少年一起也坐下歇脚，这让少年的打算落了空。那家伙是个手握尺八的虚无僧。虚无僧将头上的草笠摘下来，一边擦着额上的汗水，一边向他搭话：

　　"阁下是要去哪儿啊？"

虽然并不想搭话，但是对方正对着自己提了问题，倒也不能一声不吭。

"去江户。"

"哦，江户的哪儿啊？"

"江户的本所那边。梵论子先生呢？"

本来也没必要多问这句的，可不知不觉就问了出来。

"我要到神田那儿去。要没什么不方便的，一路做个伴可好？"

眼前可以看到一条小河。小河里，孩子们赤着脚，正一边哇哇地叫嚷着，一边捉河里的溪蟹玩儿。也有的孩子在竿子上系了鱼线，正打算钓点鲫鱼或者什么的。小河的旁边，茂密的是茫茫的夏草，在尘埃遍布的浓绿上，照耀着太阳的光。坐在茶铺的长凳上，笼罩在阴影里，对着外面过分强烈的日光，眼睛也眯成了细线。少年从苇帘的阴影里眺望着孩子们嬉笑玩耍的模样，不知不觉间，连那来历可疑的虚无僧坐在旁边的事——连那家伙缠着自己不走肯定是有企图——都觉得不再挂怀了。现实仿佛远了，脑海中掠过的尽是些没谱的问题，比如孩子们在钓什么呢？或者这种小河里会有鲫鱼吗？少年的眼睛一直一动不动，迟钝地、全神贯注地盯着映着日光的河面。

"那么认真地盯着看什么呢？"

即使耳边传来虚无僧的声音，少年好像仍未被唤回现实一般，仿若入坠梦中似的伸手指向小河的方向。

"那个，那里的。"

"哎？"

"鲫鱼。"

过于强烈的阳光直射在河面上，于是在水的表面就浮起一团摇晃的水汽。明明一瞬间之前还看到孩子们大声喧嚷着泼水玩耍，此刻却一个人都不见，不知道去了哪里。在碎石之间浅浅的积水中，可以看到一条小鱼银鳞闪烁，那是它正啪啦啪啦痛苦地跳动——所谓痛苦地跳动，毫无疑问是当下少年对鲫鱼的感情移入。然而，不管怎么说，好像面对这番情景不能坐视不管，迫不得已愤然离席一般，少年突然从茶铺的长凳上站了起来。

"你去哪儿？"

少年并不答话，只是慌慌张张地往外跑去，分开生长茂密的夏草，跳到碎石遍布的狭小河滩上，直奔有鱼跳腾的小水潭的方向而去。少年感到自己的耳中，仿佛可以听到那鱼哭泣的声音。他满心想尽快赶到小水潭边，用手抓住那条在阳光下跳腾的、闪着彩虹色光辉的小鱼，把它放回到河水之中。然而，与他的期待相反，他的手什么都没有抓到。闪动的彩虹色光辉，大概只是某种没有实体的光学现象而已。少年大为震惊，向四下里到处张望。一种近乎丧气的感觉袭来，他感到头晕目眩得不行。

"太奇怪了，我这是做了个白日梦吗？"

少年带着一脸不解的神情回到茶铺里时，虚无僧已经把草笠戴好，先一步起身要走了。他甚至连少年的茶钱也一并付好了。明明之前好像看到了他的脸，可当他把自己的脸重新藏入草笠之下，少年就完全想不起虚无僧的脸长什么样子了。

两人一前一后地走着，突然，虚无僧开了口：

"方才顾虑人多嘴碎，所以在那茶铺里我才默不吭声。刚刚承蒙救助舍弟，内心实在感激不尽。那个蠢货总是给别人添麻烦。我突然想起一桩公事，所以接下来还得去袋井那边一趟。作为刚才那事的谢礼，请收下这个。"

他将腰间佩戴的印盒解下来递予少年，少年接过来一看，只见上面用描金技法绘着一条极其精致的鲤鱼。

"旅途中总会遇到暴徒、无赖、小偷之流，要是遇上了，就将这个印盒拿给他们看看。这东西十分灵验，只要有了它，就可确保一路无灾无难。还有一件事，这事非常重要：请阁下在回江户之前，务必往热海去一趟。阁下的心愿应该可以在那里实现。那么，就请多保重了。"

说完，虚无僧就留下目瞪口呆的少年，再一次往袋井的方向风一般离去了。

在从冈部到丸子[1]的路上，少年翻越了以特产团子[2]而

---

1. 冈部宿和丸子宿是旧东海道上的两个驿站，位于日本静冈县。
2. 即"十团子"。宇津谷地区的知名特色食品，属于旅途中用来充饥的零食一类。根据记载，江户时代的"十团子"形态大概是用线穿起来的一小串团子。

知名的宇津谷峠 [1]。"行行至骏河，不意临宇津。醒时同梦里，何故不逢君。" [2] 此时虽然已非在原业平的时代，但这里依然还是盗匪出没的凄冷山路，没有任何变化，在《东鉴》[3] 里甚至有这样的记载：一位名为丹后局的女官，曾经在这里因为遇到了盗匪，身上的财宝被抢了个干净。那天晚上，当少年走到宇津谷峠附近的时候，便有一群头上裹着山冈头巾 [4]、形迹可疑的男人纷纷闪现到他眼前。

"喂！那个娘儿们似的年轻武士，要命的话就把全身所有东西都扒下来留下！"

虽然早就在心里提醒自己要做好准备，但事到临头还是不由想：梵论子告诉自己的就是这样的事吧？少年不敢片刻犹豫，赶紧把腰间的印盒扯下来：

"没看见这个东西吗？"

少年把东西猛地送到贼人面前，一伙人借着月光看去：

---

1. 位于日本静冈县静冈市骏河区，从中世以来就作为交通要道而被反复歌咏。峠指的是翻越一座山所爬升的最高的一条路线。
2. 这首和歌被收录在《伊势物语》和《新古今和歌集》中，作者是在原业平。根据《新古今和歌集》的记载，在原业平在前往东国的旅途中，在骏河的宇津遇到了一位故旧，便以此歌托付，请其代为捎给留在京都的爱人。又，按照当时人的看法，如果心爱的人不在梦中出现，便是对方没有思念自己，因此歌中有嗔怪对方是否忘了自己的意思。
3.《东鉴》，又称《吾妻镜》，是记录日本镰仓时期历史的编年体史书，共52卷，据传为镰仓幕府修纂，以变体汉文撰写而成。
4. 山冈头巾，一种用长条形的布制成的头巾，包住头部后在背后缝合，同时可以罩住肩膀。

"哎呀，这不是白男[1]的鲤七首领的信物吗？不得了，这下可出了大事了。话说，你小子是在哪儿遇上鲤七首领的？"

"从袋井的旅馆出来的时候遇上的。"

"哦哦。"

"要是没什么事儿了，我就先走了啊。"

"哎呀，等一下！小子，你身上零用钱够用吗？"

要是说够用的话，下场肯定是被抢走。少年如此思定，便装糊涂道：

"别说什么够不够用了，我现在这么大半夜还在赶路，还不就是为了省点住店钱，才出此下策的吗？"

"怪不得呢，所以鲤七首领才把信物给你的吧，我明白这意思了。"

于是，众贼人把头凑在一起商量了一会儿，结果捧了个纸包出来：

"这里有五两，拿去找个客栈过夜吧。这么深更半夜地赶路，简直是盲人骑瞎马，夜半临深池。你不加小心可不行啊。"

被盗贼提醒小心这可是人生头一遭。不管怎么说，凭借这印盒意想不到的威力，少年不仅免于被扒得一干二净，甚至还反过来从盗贼手中顺顺利利地骗到了客栈的住

1.白男，地名，位于日本鹿儿岛。

店钱，这事连他自己都吃惊不小。

　　而且这事还不只发生了一次两次。过了兴津[1]就是萨埵岭[2]，自古以来，这里就因为是遥望富士山的胜地而知名。在这里，面对从阎魔堂的阴影里蹿出来的三人打劫团伙，少年同样亮出了鲤七首领的印盒，出乎他意料的是，这次竟然拿到了十两之多。

　　而在蒲原的茶铺里，仅仅是寻常地吃着午饭，偶然把印盒从腰上解下来，顺手放在长凳上——这也只是觉得碍事而已，并没有别的意思，即便如此，旁边一对同样在扒拉茶泡饭的旅人即刻目光一对，略一点头，其中的一个便一边小心不引起店家或其他客人注意，一边迅速地包了个纸包。待到他们出门时，便一把塞到少年怀里，扬长而去。过后少年将纸包打开一看，又是五枚小判[3]。

　　且说这位旅途中的少年，虽然留着额发，一副年轻武士的打扮，但其实却是个女儿身。她是本所的富商福山氏的女儿，芳名唤作阿馨。这话说起来确实有点前后颠倒了，不过还是姑且追溯一下过往，先来讲讲这位阿馨姑娘的故事吧。

　　当初曾有一位姑娘在两个侍女的陪同下去浅草寺拜观音，突然遭到醉汉骚扰，因智雄出手而获救，那位姑娘便

---

1. 兴津，指兴津宿，东海道上的一个驿站，位于日本静冈。
2. 萨埵岭，也是东海道上的一段山路，位于日本静冈，靠近骏河湾。
3. 小判，日本古代的椭圆形金币，一枚一般为二两。

是这位阿馨了。当日一见智雄，阿馨便深陷情海，自此对智雄的面影念念不忘，以致被苦恼折磨得郁郁寡欢。也是同一时候，阿馨的父亲忽然重病卧床，家财也迅速倾尽，再加上其他一些事故，于是一家人不得已只好举家搬迁到关西去，只留阿馨的兄长一人在江户主持店里事务。阿馨不知道该如何是好，便想向兄长一吐苦情，于是从大阪修书一封。这位兄长是个潇洒倜傥的少爷，因为性好音律，所以身边结交了不少年轻的友人。他穷尽了百般手段，终于打听到妹妹的心上人原来乃是茨木家的二少爷。再细问几句，却说这位二少爷如今逃亡在外，下落不明，也有人说他可能在战乱里死了。这时候，智雄的兄长武雄已经身亡了。阿馨闻此慨然长叹，对智雄的思慕愈发强烈了。

某个晚上，阿馨做了个梦。在一片蒙蒙的水汽中，有个模模糊糊、光线昏暗的洞穴样的岩石浴场，自己则全身赤裸，正在沐浴。这浴场好像是观音大士的灵场，似乎只要在这里洗浴，心中的愿望就能实现。不用说，阿馨的心愿是确定无疑的，那便是祈愿智雄平安无事尚在人间，以及未来的某一天希望还能有幸再与他相逢，除此而外再无他想。突然，岩石浴场中满溢的水面摇晃起来，氤氲的水汽中显现出某个耀眼炫目的发光体——原来是手持宝剑的观世音菩萨。只见观世音菩萨徐徐开口，道：

"悲汝不遇之身，求救于我，着实可怜，故而赐汝宝剑，速速吞下，可为善男子。"

阿馨照着观世音菩萨的话，将交到自己手里的宝剑衔在口中，抱着必死的决意一口吞下，只觉从喉咙里涌出大量温热的鲜血，然而意外的是，宝剑竟顺顺利利地进入了自己的身体，并且缓缓地往身下落去。那宝剑的锋芒最终从两腿之间的裂口奋而钻出，宛如阳具一般，此时，阿馨恍然理解了观世音菩萨话中"善男子"的意思。原来是要自己化身为男人啊？正这么想着，阿馨从梦里醒了过来。

这到底是什么意思呢？这个梦到底预示了什么呢？阿馨反反复复地想，可是任她怎么想也想不出个所以然来。不过，解开这个梦的关键，毫无疑问便是象征男性器官的宝剑，以及观世音菩萨泄露的"善男子"一词。阿馨心想：莫非观世音菩萨要传达的意思，是暗示自己要变成男人吗？在佛法中不是有所谓"变成男子"的说法吗？观音大士自己身上便有疑为"变成男子"的充分证据。就像观音大士一样，阿馨觉得自己也要变身为男子。可是话虽如此，在化身为男子，和此时此刻占据了阿馨全副心神的智雄之间，到底有着什么样的关系呢？对于这一点，阿馨仍然是一点头绪也没有。因为身为女子才有如此诸般烦恼，所以想要变成男子，好将此类烦恼之垢涤荡干净吗？还是说，想要以男子姿态现身于智雄面前，从而求得女子之身所无法获得的、男人之间的友情？抑或是，因为智雄可能已不在人世，所以自己想变成他的转世？是想要和心中眷恋的人化为同一姿态、同一形貌吗？

　　尽管行动的目的极其含糊，连本人也想不太明白，更何况很可能被旁人认为是疯狂的举动，可是在某一天里，阿馨还是下定决心一身男装动身前往江户。这一决心仿佛晴空炸雷突然降临到阿馨头上时，阿馨尝到了一种全身全心无处不爽利的感觉，这是自那日浅草一事以来不曾有过的。

　　阿馨对镜，将长长的头发剪断。除了动手操作的本人之外，这秘密再不会向第二个人透露分毫，这是某种仪式一样的东西。镜子中，心中眷恋的男子微微笑着。不，这是剪断了长发，将这种女子象征毫不怜惜地舍弃了的自己的脸。这张脸不知怎么总觉得和智雄很是相像，想到这一点，阿馨变得欢喜起来。不论此身将往何方，只要这通透澄澈的玻璃镜子还在，心中所恋慕的男子的面影，就仿佛与自己同在一般。

　　就这样，阿馨踏上了旅程，目的地是兄长在本所的住处。寄宿在兄长家里，在江户的下城区生活起居的话，要是万一智雄还活着，不是就有机会能遇上了吗？

　　在从袋井到挂川的半路上，阿馨在茶铺里看到了痛苦跳腾的小鱼的幻影，无论如何都想要救助它，并且受到这一意愿的驱使而行动。之所以如此，有一种可能，就是那时的阿馨，其实在无意识中想到了浅草获救的那件事。也就是说，阿馨很可能只是在效仿智雄的行为而已。作为这一行为的谢礼，阿馨从梵论子处获赠印盒，并且一路行程因此而变得颇为顺利，这一过程，前面已经讲过了。

　　因为记得梵论子曾对自己说务必要往热海一游，所以即便没多大兴致，阿馨还是从箱根出发，翻越日金山峠，下到热海那边去看看。

　　到了之后，阿馨才发现这里竟是个相当有名的温泉小城。其实阿馨也并非不知道这件事，只是稀里糊涂地就忘了这茬儿。曾几何时出现在梦中的观音菩萨的灵场——那个岩石浴场，该不会就在这个地方吧？想到这里，阿馨的胸口立刻因期待而鼓噪起来。然而等她把热海小城和附近的地方都找了个遍，却发现好像哪儿都没有类似的地方。期待受挫后的阿馨于是就找了间寻常的温泉旅馆投宿，脱了草鞋之后，马上对店家说：

　　"快去准备热水。"

　　即便被旅馆的女子催促，阿馨也不肯轻易起身。倒也不是有什么不得不客气的理由，只是因为自己穿的是男装，所以别人也只会认为自己是男人。要说真的泡到水里之后倒也没什么问题，问题在于到脱衣服为止的这段时间，恐怕会被人发现自己外面的衣裳和内里的身体不一致。要么干脆就放弃洗澡算了吧，然而因为做过那个梦，所以阿馨的心里总还留着点念想。思前想后之后，阿馨便在夜阑人静的午夜，往浴场的方向而去。

　　庭院的尽头便是岩石浴场，滚滚喷涌的温泉水面上，满溢着明月光。阿馨在岩石的边缘坐下，先抬起一只脚，慢慢地缓缓地扰乱水光，接着是另一只脚，水漫到了腰，接着又浸过了肩。和梦中那观音的岩石浴场相比，要说相似也并不相似，可是这暖融融的、吸吮着肌肤的温泉水，以巨大的安宁喜乐充分包裹着阿馨。阿馨在水中恣意地舒展着四肢。此时，在她的心中，有一种舒缓和满足感蔓延开来，那是跨越了千难万险后，终于抵达了非抵达不可的目的地时会体会到的松了一口气的感觉。

不知为何，阿馨总感觉好像有谁在看着自己，不过这种事也已经无所谓了。那注视着自己的目光——如果在哪里确实有这样一道目光的话，那目光也必定是对自己充满慈爱、充满眷恋的。这么一想，阿馨甚至在这被注视感中感受到了一种无穷无尽的清净与幸福感。阿馨很难再从温泉中出来了。再这么下去会蒸汽中毒失去意识吧？即便如此也无所谓。阿馨切切地祈愿那目光一直一直看着自己，直至自己被那强烈注视着的目光所吸收，直至自己的形体都消失干净。

智雄向来有胃疼的烦恼。究其原因，大概是太爱喝酒以致饮酒过量的缘故。自打他踏上旅途，胃疼的症状便不可思议地消失了，这当然是最好不过，可谁也说不准哪天还会不会再发作。所以在往江户进发、从岩渊到东海道去的途中，智雄忽然一时兴起，想翻越箱根山到热海去，也不是为了别的，只是因为听说了热海温泉的疗效而已。

　　智雄在温泉旅馆的入门木板上坐下后，旅馆的女子一看智雄的脸，便说：

　　"哎呀，客人，您这是上哪儿去了呀？"

　　"上哪儿去？"

　　"可让我担心死了。昨儿晚上您去了温泉之后，再就没看见您的人影。今儿早上我到房间里和院子里都找了个遍，也哪儿都没找到您。不过好在现在您平安无事地回来了，这我就放心了。"

　　智雄感觉好像中了狐狸的幻术似的，丈二和尚摸不着头脑。即便如此，他还是跟着女子到了房间里。这时，女子又凑了过来：

　　"那个，这是在岩石浴场发现的，可能是您忘在那儿的吧，所以我就先放在这儿了。"

　　交到自己手上的是个四层的印盒，只见上面是条豪奢的、用描金技法绘制的鲤鱼，这鲤鱼确乎有着不同寻常的来历，从内里温润地显出光来。

　　真是越来越搞不懂了，管他三七二十一呢，智雄心下一横，猛地站起身来，往岩石浴场的方向走去。

　　一如昨夜，明月皎皎的夜空中充满光辉，在温泉的水面上照出滟滟的光影。在烟波背后，看不到任何人影，然而伫立在岩石上的智雄，却不知怎么总觉得有人的气息。当然，这肯定只是一种错觉。大概是因为水面倒映着自己的身影吧。但是当他将身子从脚到头、哗的一声全部浸入温泉水中时，又感觉到宛如宝刀入鞘一般，自己的身体被某个人的影子紧紧抱住，包裹在里面。一瞬间，智雄感到了犹疑。该不会自己的影子要把自己的身体吞没了吧？这么想来，应该是有某个人的影子在这里一直一直等着智雄的到来。恐怕正是如此。那人的影子仿佛要把自己的身体吞没，好让那人的影子和自己的身体合二为一似的。

但是这件事无论怎么想都太奇怪了，因为不可能存在单纯的影子呀。所谓的影子，无论什么时候都应该是"某人的影子"。既然这个地方只有自己，那么这里的影子也只能认为是自己的影子，不可能有别的情况。

不过智雄本身并没有费神思考这么麻烦的事儿。智雄仅仅是体会到了一种奇妙的感觉，那感觉就像是刚想到自己是不是一分为二了，旋即便见到自己又从两个合为一体似的。那感觉只是稍稍有些悲伤，稍稍有些怀念而已。

不管怎么说，智雄到底是对这种事不怎么上心的人，所以很快就忘得一干二净了。

从头到脚都浸泡在温泉里后，智雄仰头向天，望着夜空，忽觉好似有极为通透的女子的歌声乘风飘来，传入耳中。那歌声的余韵不绝如缕，敲打着智雄的心。此时，叔父赠予自己的诗中那句"新声导旧缘"再一次在智雄脑海中的一隅浮现。至于这句诗到底意味着什么，时至听到歌声的今日，智雄也依然无法参透。大概，一直到死也无法参透了吧。

　　明治二十七年刊行的石川鸿斋所著《夜窗鬼谈》，乃为和缀本，分为上下卷，其中上卷收录了四十四篇故事，下卷收录了四十二篇故事。原文为汉文，大抵为怪谈一类。《茨城智雄》即收在这本书的下卷中。我虽将"茨城"改为"茨木"，并据此写成了这篇故事，但主题和细节自然是不同的，且故事的内容增加了许多，特别是故事的后半部分和原文已经大相径庭。

　　再赘言一句："梵论子"这个题目并没有什么特别的意思。仅仅是觉得发音很有趣，从很早以前就是我特别中意的一个词，所以这里就用它做题目了。大概就类似是"暗暗""浓浓"[1]的感觉吧。

---

1. 原文作「あんあん」「のんの」，没有实际含义，此处据发音翻译。

化魇术

除了琵琶湖周边仅存的一点点平原之外，近江这块地方可以说完全被山占据了。在湖西，从比叡山向北，一直连绵着比良山系，紧贴着比良山系，后面的群山又一直连到若狭；在湖北，以拔地而起的伊吹山为中心，与邻国美浓接境的群山气势磅礴地压将下来；若从湖南往京都方向去，则要么横跨志贺高原，要么就翻越逢坂山，除此以外别无他路；只有在湖东，稍许平坦的沃野铺展开来，窄窄地向南延伸到甲贺盆地、伊贺盆地，但在盆地外侧与伊势接境的地方，仿佛要将这一切包围住一般，铃鹿的群山缓缓地蜿蜒向南，与更南边的布引的群山相连。要是和飞骅、木曾的山比起来，这些山自然还是算矮的，然而就在这满是小山的近江地方，这些山正如倒扣的木碗一样，星星点点地耸立在狭长的湖东平原上。其中一座山上就立着这个故事的主人公所住的城。

　虽说是城，但这个时代的城大抵是山城，并不具备后世如天守阁那般宏伟豪壮的建筑。不过尽管如此，在城中的宅子里也住着一族跟从者们，这点倒是跟天守阁没什么不同。似乎当时的地方豪族大都会将这种兼作宅邸的要塞建在山上。所以，即使不是天守阁，在城最中央的宅子之上，也有着望楼一样的东西。在那三层望楼的顶层之下的二层住着的，正是和监禁一般无二、闭门不出的万奈子公主。每天，公主都透过小小的箭孔向外面眺望风景度日。

　在眼前舒展开来的平原的遥远彼端，可以看到细长的、宛如大海一般的琵琶湖的水面，在沐浴着阳光的一面上，茫茫地闪耀着白色的光。因为距离太远，所以金波银波的喧腾嘈杂是看不到的，只不过能看到那随着晨昏而发生变化的湖水的颜色，还有那微妙地倒映着四时天气或是云彩形状的水影。这些就是公主从七岁的时候开始，在长达十多年的时间里，从这里持续不断地、模模糊糊地眺望的风景。

　为什么万奈子公主会被软禁在这望楼的二层呢？这是因为公主天生便双耳失聪，而且正如大多数双耳失聪的人那样，公主也没有说话的能力。公主的父亲不用说，自是感到十分羞耻，于是就把公主藏起来不叫世人知道。为了不让她暴露在世人面前，除了极个别的情况之外，公主都会被森严地关在泯然无用的望楼里。就这样，一直到公主过了二十岁，虽然毫无道理，她还是不得不过着与世隔绝的生活，通往外界的窗户仅有小小的箭洞，每日只在这铺了榻榻米的、光线昏暗的房间里坐卧起居。虽然身披华丽的唐织打挂，有数位侍女陪伴侍奉，然而口不能言的公主仍是像盛开的鲜花一样，被空置一旁，徒然地等待生命的衰颓。

公主的父亲名为鸟养弹正，在近江是祖上列代就拥有土地的土生土长的豪族。虽说不是长房，但作为流着宇多源氏血脉的名门武将，弹正在将军麾下受到格外的重视。他原本对于自己的政治婚姻就不太满意，再加上本身就是个对好色猎艳之事不大介怀的性情男子，所以公主出生后，他就急急地把原配夫人赶了出去，叫别的女人来做了继任。这后来的女人所生的孩子，便是公主同父异母的弟弟鸟养丹后介，到了这一年也已经年满十八岁了。也不知为什么，明明对公主如此冷漠的父亲，对这个儿子却是热心至极。这里顺带说一下，公主绝不是面貌丑陋不堪的人，她那双眼睛虽不能惹人喜爱，但满溢着可怜的悲苦与绝望之色，哪怕只是偶然视线交合，都必会在对方的心中猛然激起惊诧的印象。至于那岂曰环肥、实是燕瘦的身姿，更是十分能引起观者的同情。面对这样一位公主，为何独独她那父亲对她没有一丝怜悯，甚至对她越来越疏远？想必是有着外人无法理解的难以想象的心事吧。

至少在公主七岁左右之前，父亲还是极为牵挂公主的

124

未来的。他一面纳闷这到底是天神诅咒还是恶灵作祟，一面常常向神佛祝祷，并叫来僧人请他们为公主加持。为了根治公主的失聪之疾，他甚至还曾叫来当时在京都名望甚高、名叫瑞丹法眼的医生，尝试了一番那医生开的诡异药方。

首先要在膳所[1]的湖边，找到一只比较有活力的乌龟，抓回来后，认真用水清洗干净，并把它仰面朝上翻过来，再在它上面罩上一面镜子。因为是那时候的事，所以当然不可能是玻璃镜子，而是铜镜。乌龟在镜中看到自己的影子后会吓得屁滚尿流，惊慌失措地拍打四肢，不知不觉间会把小便流出来。之后只需将这小便和瑞丹法眼特制的药混在一起，往患者的耳中滴入两三滴即可。据《看闻御记》的作者所记，因为用了和这相似的某种处方，作者的父亲荣仁亲王所患的重听之疾曾顺利痊愈。然而尽管也一样照要求所行，在万奈子公主这里，却没有产生任何效果。从那以后，公主的父亲便好像感到厌烦透顶，对于这个使尽千方百计都不能治愈其宿疾的女儿，他开始用看待某种不祥之物的眼神来看她。最终，这种憎恶的感情到了露骨的地步。

至于公主那同父异母的弟弟丹后介，他从生母处继承了反复无常的性格，再加上肝火旺的脾气，这就养成了

1.膳所，地名，位于日本滋贺县。

一种假绅士的脾性：说得好听点是爱好艺术，实际上不过是把弓马骑射的修养荒废在一边，甭管是什么，只要是最近流行的玩法，都一头扎进去。要是最近流行田乐，他就赶忙从京都叫来田乐法师，伙同一气，整日整夜地饮酒作乐，陶然沉醉于宴会歌舞之中。对于那位被幽禁在望楼之中的同父异母的姐姐，他已经差不多有十年没怎么见过面了，哪怕在某种机缘巧合下两人见了面，恐怕丹后介也会别开眼睛假装不认识。至于为什么如此，其实从小时候开始，丹后介对于这位直到长大都顽固地不发一言的姐姐，一直都暗暗地心怀畏惧。

无论是父亲的憎恶还是弟弟的畏惧，可以想象的是，这两位男性对于同一位女性所产生的两种不同的情感，其在根源上来说，是有某些共通之处的。

宛如钵子里养的鱼儿一般，万奈子公主深深地沉浸在只有自己的、无声的世界之中，她在那望楼的二层恍恍惚惚地送走日头，十年如一日。她感觉自己仿佛被一层孤独的膜完全地包裹在里面，那膜是如此之厚，以至于没办法用简单的办法弄破，而且就算她想把这膜弄破，本来也是不可能的。无论自己去哪儿，这孤独的膜都如影随形。一切的声音都被这膜隔断了。只有当万奈子公主透过狭小的箭洞眺望外界，看到那随时间变换的风景时，她才勉强能感受到时间的流逝。在这厚厚的孤独之膜里，仿佛时间也是以无法感知的方式流走的。

　　然而也并非只有万奈子公主是如此，或许可以这样说：当时大名的夫人或是女儿，多多少少都要忍耐这样一种幽闭的生活状态。外出的时候，必是乘坐肩舆或是马车；倘或不乘坐肩舆及马车，也要在市女笠 [1] 的四周垂下薄纱 [2]，或是将一种叫作被衣的东西蒙在头上；而哪怕在宅子里面，她们也惯常是端坐于幔帐、屏风抑或是竹帘的背后，或者就是谨慎地将面容遮在桧扇 [3] 之下。换言之，她们是自发自觉地在自己的四周筑起一道隔膜，小心翼翼地不叫自己的容貌暴露在世人眼前。可即便是如此，还是不得不承认，那些贵妇们所自筑的寻常的隔膜，同万奈子公主这与生俱来的膜相比，到底是不啻天壤、判若云泥，实在不可能相提并论。

　　按说在幼年时期，万奈子公主也曾经参加过城中举办的每年例行活动的宴会。可是不论是猿乐也好，田乐也好，抑或是平家琵琶也好，任凭她怎么在记忆深处用力翻找，也找不到哪怕一次她曾列席观赏此类表演的印象。要说这也是理所当然的，毕竟音乐本就是要用耳朵来欣赏的艺术，既然耳不能闻，那么即便列席观赏也毫无意义。说到音乐，那些在公主身旁侍奉日常起居的女子们倒是经常

---

1. 市女笠，平安时代女性出门时戴的馒头形斗笠。
2. 原文为"虫の垂れ衣"，主要是平安时代的女性出门在外时使用，即在斗笠的四周垂下一圈长长的布，用以遮蔽面容并躲避日晒、虫害。
3. 桧扇，日本奈良末期到平安初期产生的一种扇子，主要是用桧也就是日本扁柏的薄片制成，女性用的桧扇常缀有彩色丝线并绘有华丽的图画。

在候命的间隙里，因为穷极无聊而偷偷地弹琴解闷，不过琴声并不会传到公主的耳朵里。不，其实传到和传不到也没什么区别。正因为知道如此，所以女子们才能肆无忌惮地摆弄乐器，满不在乎地发出轻浮的大笑。在公主的周围，只要跟声音有关，每天都是这样无法无天。

就这样，由于万奈子公主天生就欠缺享知万物所必需的最重要的感觉之一，所以其所剩感觉中的另一种就会变得异于常人、臻于极佳，这一点想来也并不奇怪。透过墙上所开的方形的孔洞，公主仿佛要吸纳全世界一般，无论日常起居，行止坐卧，都向遥远的山川湖泊投去热切的目光。

某一天，公主像往常一样站在箭洞的旁边，只见望楼的正下方，在那平素里绝不会有半个人影的、宛如中庭一般的腰曲轮[1]里，不知道是不是要办什么活动，忽然聚集了一小群男人。自己在楼上往下眺望的样子该不会被发现了吧？一想到这，公主立即把手边一个老妪的面具拿起来，扣在了自己的脸上。其中的一个原因，毫无疑问是一直以来公主都坚定不移地觉得，由于自己面目丑陋，所以父亲才毫无来由地对自己如此疏远。而另一方面，也是因为公主觉得最好不要被发现才是，毕竟从别人头顶上方的高处远远地往下窥视，总归让她觉很羞耻、很心虚。

---

1. 曲轮，指日本城郭中具有防御功能的平面空间。腰曲轮则是在城中心主要曲轮周围设置的小型曲轮的一种。

　　这群聚在一起的男人乃是表演田乐的一伙人，其中有击太鼓者三人，拍板舞[1]者三人，击小鼓者和铜钹者各一人，另有吹笛子者二人，总计是十个人。他们都穿着绣有花鸟的、武士礼服一样气派的衣服，腿上套着指贯[2]，并赤着两脚；击太鼓者和拍板舞者头上戴着绫笠，笠的四周垂下非常多的纸条；击小鼓者和击铜钹者头上戴着大大的立乌帽子，帽子上有日月的纹样。接着这伙人就一身这样的打扮跳起舞来，不过跳舞的主要是击太鼓者和拍板舞者，他们一边热热闹闹地演奏着曲子，一边排成两列，彼此一会儿靠近，一会儿分开，一会儿背对背，一会儿站成一圈，有时候又干脆交换位置。即便如此，他们始终保持着对称的队形。在队伍的外侧，击小鼓者、击铜钹者和吹奏笛子者持续不断地为他们伴奏。这里稍加说明：所谓小鼓，可以认为是鼓的一种。而所谓铜钹，则是像铙钹那样用左右两手敲击发出声音的一种铜制的打击乐器。

　　大概是附近要举办什么劝信演出，所以他们在做排练之类的吧，可附近明明一个观赏的人都没有，这伙人却一遍又一遍地反复跳着舞。因为万奈子公主本来就听不到音乐的声音，所以她只能用眼睛看着他们的动作，看他们如

---

1. 拍板舞，原文作びんざさら，是向天神祈愿五谷丰登时所表演的舞蹈，属于田乐的一种。びんざさら可以写作"拍板"或"编木"，表演者手中持少至数片多至百片的竹片或木片穿成的乐器，边演奏边舞蹈。
2. 指贯，也称"差袴"，是古代日本贵族男性所穿的一种裤子，多搭配狩衣等穿着。指贯的裤腿肥大，裤腿处用带子束紧。

何一边保持对称一边让人眼花缭乱地变幻出各种阵形。然
而即便如此，对于至今从未见识过这般景象的公主来说，
田乐法师们的手势和舞步实在是太有趣了，真可谓画图难
足。她情不自禁地把身体从箭洞里往外探去，目光追着群
舞的跃动跑遍了整个腰曲轮。

　　要说公主本来确实以为没有观众的，可待她再仔细一
看，便发觉在自己这边的门洞附近，其实有个戴着大花纹
乌帽子的武家少年，他正坐在折凳上，全身放松地注视着
田乐法师们的舞蹈。那张眉清目秀、才情横溢的脸上，带
着稍许自信过头的神情，十分惹人注目。公主不知道，这
一位其实是丹后介的心腹，名为宫地小五郎，最近这段时
间丹后介格外宠爱的那位出身白拍子艺人的兰奢姑娘，据
说主要就是这位小五郎在中间撮合成的。不止如此，还有
传闻说，其实在给丹后介撮合之前，兰奢姑娘的情人不是
别人正是小五郎。万奈子公主看到这位武家少年后，也不
知为何，忽觉心中涌起了万顷波涛。

　　田乐法师们的舞蹈告一段落后，接着小五郎起身，
在小鼓的伴奏之下，手持扇子，自己一边唱着，一边跳起
了一段曲舞[1]。他在唱什么呢？公主对此自然是一无所知，
不过看那跳舞的姿态，再看周围那些田乐法师们强忍着却
憋不住的笑法，也能朦朦胧胧猜到大概是某种猥琐的舞

---

1. 曲舞，源起于日本中世的一种舞蹈，在南北朝时代到室町时代颇为流
行，曲舞的歌词具有故事性，跳舞者以儿童和男性为主。

蹈。多么下流的模仿啊！公主一边想要一直盯着武家少年
翩翩起舞的手，一边又想马上就把脸背过去，这两种截然
相反的感情在她心中撕扯着，于是戴着老妪面具的公主就
在箭洞前满心矛盾地久久无法离去。

这就是万奈子公主所知的、极为笨拙且生硬的初恋
体验。

当天夜里，万奈子公主做了一个梦，梦中交织着欢喜
和苦楚，作为她那初恋体验的结果确实十分相称。

即使在梦中，十位田乐法师仍穿着和白天看到时差不
多一样的衣着，他们一边演奏着曲子，一边手脚不停跳着
厚颜无耻的舞蹈，而他们的模样却无一例外皆是尖嘴长羽
的乌天狗[1]，要么就是和《太平记》里所记载的相模入道[2]北
条高时所看见的幻影颇为相似。然而，比这所有的一切都
还要让人震惊的是公主的耳中竟满溢着教人惬意的乐音，
这令人陶醉的极境，宛如一潮接着一潮涌起的波浪一般，
将公主连同她的身体都一起推了起来。不用说，这也是公
主的耳朵里第一次听到声音。好像塞住耳朵的栓子被突然
拿掉了一般，太鼓、拍板、小鼓、铜钹，以及笛子的声音
同时响彻云霄，将公主的耳朵迷醉得找不到语言来形容。
岂止是耳朵，乐音载着感动直达全身各处每个角落。感动

---

1. 乌天狗，也叫鸦天狗，日本神话传说中的一种妖怪，天狗的一种，因为
有着乌鸦一样的尖嘴和黑色的翅膀而得名。
2. 相模入道，即北条高时，日本镰仓幕府第十四代执权。

至极的公主，禁不住泪流不止。

也就是说，和在现实中相比，公主在梦中更早地知道了声音为何物。

在如此幸福的梦境之中，却也沾着像污点一样的脏斑，意识到这一点是稍后的事情。正如白天所见的场景一样，接下来是宫地小五郎起身表演曲舞了，只是在梦境中，不觉间有一位面戴少妇面具的女子浮现在小五郎的身前，并与他联袂起舞。只见他二人同气连声，舞步娴熟，看着看着，公主的心中开始感到苦闷。待到她沮丧地低头一看镜子，又见镜中所映出的不是别人，正是脸戴老妪面具的自己。如此一来根本不是那少妇面具的对手呀，公主的精神立时受到了巨大的打击。

第二天早上睁眼醒来后，公主痛切地意识到，梦中听得的那般清晰的乐音不过是骗人的，自己的耳朵和以前一样，仍是什么都听不到。看来能解音律之美不过是梦中的特权，一旦梦醒，梦中的一切也就只能再次化为泡影。

就这样，每天晚上公主都会在梦中聆听乐音，及至醒来，便将一切忘却干净，就这么在无意识间度过一个又一个郁郁寡欢的日子。她甚至开始怀着期待的心情憧憬起了奇迹：难道不能把现实和梦境反转，让现实变成一个充满声音的世界吗？

这里是琵琶湖的一角，靠近今浜的地方。夜里，湖上泛着一叶小舟，在主君的眼睛看不到的地方，宫地小五郎和兰奢正在舟里秘密幽会。白拍子艺人出身的兰奢虽说已停了旧业，但平纹的水干裤子这种男装倒是还没扔，只见她在灯下轻衔着酒盏，看起来格外妖媚。小舟摇摇曳曳，不觉间兰奢有些微醺，便用一种怨恨似的语气说道：

"小五郎大人，这阵子怎么突然就见不着您的面了，是沉浸在田乐里无法自拔了吧？总不见得因为把我让给了殿下，所以就连您也开始学起殿下的样子了吧？"

"才不是这么回事呢，实在是这阵子……"

"这阵子怎么了？"

"老是做噩梦呀。"

"这可太不像您说的话了。不过说起来，您确实看起来脸色不太好。"

一张愁容满布的脸越饮酒越是显得苍白，小五郎满脸不悦地说道：

"这可不是瞎说，最近这阵子因为老是梦见奇怪的东西，到了晚上我就开始没来由地恐慌起来。"

"哦？那是什么样的梦呀？"

"说起来啊，一开始就是像往常一样把田乐法师们叫来跳舞啊，可是不知道什么时候，这些法师们就无一例外都变成了嘴巴尖尖的乌天狗啦。就感觉很恶心啊。还不只是这样，不知道从什么地方还会钻出来一个脸上带着老妪面具的女人，像亡灵似的若隐若现地在半空中浮动，总觉得在目不转睛地一直盯着我看。只要被这家伙盯着，我就感觉好像魂都要被吸走了似的，整个人都要发狂了，而且会感到自己实在是无依无靠、太窝囊了。实际上，等我睁眼醒来之后，我也感觉好像在不知道什么地方挥汗如雨地、接连不断地演奏了四五遍压轴大曲似的，四肢瘫软，无力得像棉花似的，实在是一点办法都没有。"

兰奢微微蹙起又细又黑的眉，说道：

"真讨厌呐，像阁下这样出了名的风流子，竟然被梦中的亡灵看了几眼就吓得肾虚了起来。真是想潇洒也潇洒不起来了。这种不祥的梦，还是应该早点找个解梦的人解了，趁现在好好地摆脱干净为好，不然的话，恐怕早晚有一天要发生了不得的事。对了，说起来，有个从熊野来的解梦的行家，是个卖牛王宝印[1]的比丘尼，好像最近来到城下的寺里了。要么我明天早点去找她问问如何？"

"解梦什么的倒是无所谓，不过你可要懂得适可而止哦。"

"什么嘛，我怎么可能不懂得适可而止，人家还不都是为了你好。"

兰奢提起酒壶，往男人的酒盏里注了酒，浪荡的双眼带着明显的醉意：

"小五郎大人，我还想问个不该问的问题，那个在你梦里脸上带着老妪面具的女人，该不会是跟你互结同心、

1.牛王宝印，神社或寺庙售卖的帮人除灾避祸的灵符。

深结连理的女人吧？"

"什么深啊浅啊的，要是不把面具揭下来，让我拜见一下那家伙的真面目，我连她是谁都不可能知道啊。我还想知道这女人是谁呢。而且，除了你以外，跟我深结连理的女人，到现在为止可是一个都没有哦。"

"说得那么好听。"

小舟摇摇曳曳，好像要表达幸福一般。兰奢轻轻依偎在男人的膝头，夜已经很深了。

在建有山城的山脚下，鸟养弹正的父亲曾经兴建了一座天台宗的寺院。大概三个月前，熊野的比丘尼孤身流落至此并住了下来，之后便开始为众人讲解地狱图卷、极乐图卷，或者为人解梦，并以此而迅速博得了附近乡民的信赖。比丘尼名为泡虫。她的头上用黑色羽二重[1]的投头巾[2]拢住头发，手中则永远拿着吉祥物一样的祭礼铃铛，一边摇着铃铛，一边像口头禅一样唱着："在天诸神，速速降临；何等天神，如此羞赧。"虽然已经年近七十岁，但一眼望去人们却只觉得她不过四十岁上下的光景。

因为不能把小五郎的名字说出来，所以兰奢便声称是和自己关系很好的某个男人的梦，除了有问题的梦本身

---

1. 羽二重，一种平纹的织法，以一根纬线对应两根细经线的方法织成。
2. 投头巾，四角袋形的头巾，上端折起来向后垂下。

外，其余则一字不说。泡虫一直闭着双眼听兰奢将梦里的事一一道来，待她讲完之后，方才缓缓开了口：

"这梦，可是相当相当不好呐。你所讲的这个事里的那个男人，其实并不是他在做梦，而是被别人做了梦呐。"

"您的意思是？"

"这个男人呐，每天晚上都会到某个女人的梦里去。可能他自己还没什么感觉，但其实是受到强力的吸引，被诱捕到了那个女人的梦里呐。"

"可能有这种事吗？"

"哎呀，当然有啦。即便是自己打定主意要自己做梦，可实际上却是被别的一个人做了梦，一头钻到了那个人的梦里去。这可是常有的事儿呐。"

"那个女人又是什么来头呢？"

"这就没办法知道了。不过能使出如此强力的人，好像常常是双耳失聪的人比较多呐。你不妨这么想象，人的脑袋里有个像箱子一样或者瓶子一样的东西，别人的梦就是被吸到这个东西里面去了。对于双耳失聪的人来说，他那脑袋里的瓶子没有任何缝隙，所以他就能把吸进来的梦密封在脑袋里面了呐。"

"所谓把梦吸进去，又是从哪里吸进去的呢？总不至于是从嘴里吸进去的吧？"

"当然是从眼睛吸进去啦。从'梦见'这个说法上也能看出来，梦出入人的孔道主要就是眼睛呐。那些目力强得异常的人，不仅具有常常做梦的强力，而且还具有将别人的梦吸走的强力。即便本人并没有什么恶意，但无意识里还是会把别人的梦吸走呐。但倘若别处另有一个比这人的力量还强的人，并且发挥出他那极强的目力，这回就轮到前面那个人的梦被悉数吸走，进到这个人的梦里去啦。"

"这么一来，世界上所有人的梦，很可能就会变成世界上目力最强的某一个人的梦了。所有人的梦都可能会像套盒一样，全都收在某一个人的梦里了。"

"喔，你竟然能主意到这一点。的确就是这么回事呐。所有人的梦统统归一，那便是如来佛祖的梦啦。如来佛祖的眼乃是普世之眼，也就是世界上目力最强的眼睛呐。所以说，一切众生的梦最终都会归一到那里去。根据《大唐西域记》里头的说法，实际上在天竺的某个国家里，就秘藏着如来佛祖的眼睛，那眼睛有唐国的梨那么大个，通体透明，而且闪闪发光呐。"

话题开始往奇怪的方向发展了，兰奢变得坐立不安，频频地咬起了指甲。这是当然的，毕竟是饱经世故的狠角色泡虫的手腕，像这样先教你把各种焦躁的情绪、不安的情绪尝个够，然后她才会慢慢地、不由分说地把你拉到自己想说的那个方向去。稍事喘息了一会儿后，泡虫再一次开了口：

"怎么说呢，方才说的那个女人啊，恐怕爱慕着你说的那个男人吧。在这种情况下，往往梦的力量会变得格外强呐。"

"可是据那个男人的说法，并不存在这样的人啊。"

"男人知不知道这个女人的存在，这另当别论呐。即便在男人不知道的情况下，女人那边单方面地遇见、单方面地爱慕，这种情况也是有可能的嘛。嘿嘿嘿。"

泡虫发出怪异的笑声，兰奢的脸上立刻现出心慌意乱的神情，泡虫便以一种感到十分有趣的眼神瞟着兰奢：

"你也真是让人同情，不过这一位的确是个难对付的对手呐。你要是想把男人的心拉回到自己这边，可是得使尽所有办法了。要跟这样的对手对抗，你要不好好地下定决心、拿出觉悟来可不行呐。哎呀哎呀，可真是孽缘呀。"

"那，我该怎么办才好呢？"

"哎呀哎呀，你先不要慌嘛。总而言之，你是想通过某种方法，让那个男人的心不再被引诱到女人那儿去，是这么回事儿吧？"

"对，就是这样。"

"嗯，那大臣吉备的故事，你听说过吧？"

"没有，我没听过这个故事。"

话题好像又要开始跑偏了，兰奢脸上浮现出警惕的神色。不过泡虫却不管不顾，完全无视兰奢的脸色，说了下去：

"很久以前，在大臣吉备还年轻的时候，有一次他跑到解梦女那里去寻求解梦，刚巧在那里还有一位国司长官的公子。这位公子接受解梦的过程，被隔壁的吉备透过墙上的洞看了个一清二楚。解梦女是这么说的：'公子的梦是个十分罕见的梦，因此公子的仕途肯定会青云直上，一直做到大臣的高位。阿弥陀佛，阿弥陀佛，请务必不要泄露给外人知道呀。'于是万分欢喜的公子将外衣脱下，赏给了解梦女，接着就回去了。待到那公子离去后，吉备从房间里出来，对着解梦女说：'话说，我听说梦这东西是可以拿走的，刚才那个公子的梦我可以拿走吗？'"

兰奢不禁移膝探身：

"所谓拿走，就是说要抢走吗？"

"当然，就是想要据为己有嘛。吉备是郡司的儿子，如果用普通的手段，他怎么也不可能做到大臣的位置吧。所以他无论如何都想把那个公子的梦弄到手呐。于是解梦女这么回答他：'就遵您的意思吧。要达到这个目的，需要您采用和那位公子一样的方式进入这个房间。然后，用和那位公子一样的语气，把那位公子所讲的那个梦，丝毫不差地讲出来。'于是吉备感到非常欢喜，照着女人所说的一一做了。结果非常顺利，吉备后来就一直做到了大臣的位置呐。"

一片沉默。

很快，兰奢就像无法忍耐这沉默一般，惴惴不安地出了声：

"即便如此又怎样，就凭我，能做到什么呢？拿走别人的梦之类的事，凭我之力实在是不可能做到的呀。”

“不不不，也不能说得这么肯定。对你来说，并不存在绝对做不到的事情哦，只不过是能不能像大臣吉备那么容易地做到而已。这也是因为你对于想要拿走的那个梦到底是属于哪里的哪个人这件事完全一无所知呐。因为那个梦中的女人的本体，模模糊糊的，抓也抓不住。还是说，你心里有些什么头绪？”

“没有，我们是真的一丁点儿头绪都没有。除了她脸上带着老妪面具这一点外，我们连她长什么样都不知道呀。”

“嗯，要是这种情况的话，倒还真是挺麻烦的呐。大臣吉备只需要把话讲一遍就好了，你这种情况，怕是要把动作都要演一遍呐。”

“什么？演动作？”

“是啊，那个女人在梦里所看到的场面，你要逐一表演出来呐。那个女人的梦，也就是你说的这个男人的梦呐。当然，光靠你一个人是没法表演的，你需要很多帮手吧？你得把田乐法师们叫来，你说的那个男人也是不来不行呐。”

“好的。”

“千万千万要注意的一点是，你一定要戴着老妪的面具出现在那里。因为梦中确定无疑是老妪的面具，所以你自始至终也要照着梦里的样子戴着老妪的面具表演呐。”

140

"好的。"

"只要能好好地遵守这一点，你的心愿毫无疑问就可以实现了。从此以后，你说的那个男人再也不必为噩梦而烦恼了，梦中大概乜不会再出现什么未知的女人了。你也可以就此安心，和男人一起高枕无忧地过日子了呐。嘿嘿嘿。"

在琵琶湖的中央，有一座在古代和歌中曾出现过的小岛，叫作奥津岛。某天，突然有人开垦了岛上那片人迹罕至、杂木丛生的后山，还匆匆忙忙地搭建起了舞台，并在某个晚上，秘密地召集了一群田乐法师过来——不用说也知道，这是兰奢。这些人都是受了兰奢的嗾使。不仅如此，甚至连宫地小五郎也满脸不高兴地出现在了人群里。对于解梦之类的事，小五郎是一点儿也不信的，因为兰奢强烈的要求，他才不得不同意站上舞台，只不过他心里一点儿兴趣也没有，权当是扮个角儿罢了。不懂得适可而止的女人还真是麻烦啊，小五郎在心里恼恨地咂起嘴来。可是事情既已进行到了一半，如今也不可能中途停止了。

这是个无月亦无星的夜晚，在舞台的周围，篝火红通通地燃着，火星哗哔剥剥爆裂开来。在火旁四处活动的人们的脸被渲染得凶神恶煞，如同鬼一般。

田乐法师等人已做好万全的准备，齐刷刷地在舞台上等着，只消一声令下，他们随时都可以立刻跳起舞来。

　　于是兰奢脸戴面具，装模作样地现身了。可也不知道是怎么回事，只见兰奢脸上所戴的面具竟不是老妪面具，而是个少妇面具！

　　尽管被那比丘尼如此这般苦口婆心地提醒，可为什么兰奢不按照比丘尼说的戴老妪面具，非要戴个少妇面具登上舞台呢？想一想就知道，这大概便是这个女人的肤浅之处。她毫无疑问是动了这个脑筋：要说勾引男人，少妇面具不是显然比老妪面具的效果更强吗？这个可笑的判断倒是很符合她的风格。由此也可以看出，对于为什么化魔术一定要按照正确的顺序来进行云云，她根本就没放在心上。而这，显然就成了她的败笔。

　　于是这么一来，就发生了让人着实难以相信的异变。

　　首先，齐聚在舞台上的田乐法师们全没了先后，也没了顺序，他们骚动起来，各自随性地一屁股坐在舞台上，围成了个不规则的圆环，接着就听他们兴高采烈地用手打起拍子，一边扯开浑浊的嗓子唱了起来：

　　没看见天狗之舞吗？
　　没看见天狗之舞吗？

　　明明没有任何人给他们下命令，他们却不约而同地伴唱起来，这实在是叫人奇怪。而同样教人奇怪的，是宫地

142

小五郎的样子：他就像是被伴唱的歌词引诱出来一样，摇摇晃晃地朝舞台的中央走去，在田乐法师们围成的圆环中间站定，接着开始像提线木偶一样四肢僵硬地跳起了所谓的天狗之舞。无论是小五郎还是田乐法师们，他们肯定都是突然被某种东西附了身。

因为被面具挡着，所以我们无法看到兰奢此刻脸上的表情。面对这想也想不到的局面，她只是茫然地站着，从始至终。

此时风乍起，可以眺望到在远远的湖北面的某个地方，浮现出一些让人疑心是月亮的巨大发光体，它们星星点点，有几十几百个。难道是渔夫燃着的渔火？可要是渔火，似乎也太大了一点。而要是再定睛仔细瞧瞧，就会发现那些发光体一边在湖水上投下闪烁的影子，一边以极其迅猛的速度朝这边疾驰而来。原来那是一群飞翔的大天狗、小天狗。它们是竹生岛行神坊[1]的一族，此刻正腾云驾雾、乘电载光，从湖的北侧径直往这边飞来。

看完这边的景象，接下来在远远的湖西面的某个地方，也出现了同样的发光体，转眼之间已到了近前。这便是与爱宕山太郎坊并称的大天狗、比良山次郎坊的一族，它们正从湖的西面直直地奔驰而来。

---

1. 竹生岛，琵琶湖上的三座小岛之一，位于琵琶湖北侧，传说中住着天狗。行海坊，知切光岁在《图聚天狗列传》中记载的琵琶湖三位有名字的天狗之一，另两位为比良山的次郎坊和松崎的普门坊。

　　至于南面，铃鹿的群山之间有一座绵向山，自古时就栖居着绵向山光林坊，此时光林坊也率领着一众小天狗飒飒地驾临了。

　　最后是东面，那位有名的、住在伊吹山的三朱沙门飞行上人，率领着名超、松尾、敏满三个童子，宛如能在湖上飞驰的气垫船一般，也气势汹汹地飞来了。

　　这座位于琵琶湖中心的、宛如肚脐一般的小岛，就这样从环绕湖水的东南西北四面灵山源源不断地接受飞来的大天狗、小天狗族群，它们在小岛的后山上拥挤喧哗，不得不说此乃前所未闻的奇观。转眼之间，篝火之下已挤满了奇形怪状的魔族，怪异的大笑在夜空里回荡。谁又能预料得到，这天晚上住在近江灵山上的天狗们要到这个岛上来集会呢？

　　那正在舞台中央就着田乐法师们的伴唱、跳着怪异舞蹈的小五郎，偶然听到了天狗们的高声大笑。突然间，他的脸色变得惨白，额角渗出急汗，脚下的舞步和心里都开始变得没了底。因为周围传来的天狗们的笑声，听起来总像是夹着揶揄自己的调子。小五郎立时进退不得，只得偷偷摸摸地逃下了舞台。

　　兰奢又是如何呢？

　　小五郎从舞台上下来后，不知从哪里找了一面镜子，他将镜子往兰奢面前一放，只见到现在为止一直处于恍惚呆立状态的兰奢，忽然就恢复了神志。兰奢不经意地往递给自己的镜子中一瞥，你猜看到了什么？镜中自己脸上戴着的竟不是少妇面具，而是个老妪面具！兰奢大叫一声，失去意识，当场倒在了地上。

天狗们古怪的大笑声越发响亮起来，它们在岛上旁若无人地嬉戏喧哗，直到深夜都没有止歇。

于是，和兰奢本来的期待全然相反，化魔术以一种惨不忍睹的结局完成了。

这一边，万奈子公主还是与往常一样倚靠着望楼的箭洞，一边怀着对心中所眷恋男人的越来越强烈的思念，一边勉强地等待着近来频率明显降低的楼下腰曲轮里进行的田乐排练。某一天，宫地小五郎偶然现身了。他到底是为什么而出现的呢？考虑到他是个热衷权谋的男人，肯定是为了秘密联络之类的事情吧。

这一次，公主并没有像往常那样戴上面具，她的心中反而起了个念头，想要大胆在男人面前展露自己的素颜。她心中到底是怎么想的呢？是因为伴随着恋情的发生，心中的热情让她有了依凭，以至于让她足以克服童年以来对自己容貌的自卑心吗？还是她想要抱着一种破罐子破摔的心情，表达某种诉求呢？抑或是因为梦中的情敌是脸戴少妇面具出场的，因此她便觉得要和那位较量取胜的话，只能靠展露素颜了呢？不不，这般苦思冥想的心思，如此玩弄花招的想法，公主应该没有哪怕万一的可能性是这么想的。公主大概并没有经过任何深思熟虑，只是不经意地把面具摘了下来而已。

公主往楼下看去，与此同时，男人也抬起脸往上看去。于是一瞬间，二人的视线恰好重合了。这是完全的偶然，因为男人似乎并没有意识到公主的存在。

公主的脸染上绯红，立刻从箭洞后面抽身而去。她的心中充满后悔的感情，好像干了什么见不得人的、无法挽回的事情一般。顺带一提，在这个时代，有身份的女性在日常生活中极少会在家臣的男性面前暴露素颜。

奇迹发生在第二天。

这一天早上，身旁侍奉的侍女一人手中拿着镜子，另一人拿起梳子正在为公主梳理长发，不知道公主想到了什么，只见她突然站起身来，朝着箭洞的方向吧嗒吧嗒地冲了过去，这让两位侍女惊得目瞪口呆。让她们如此震惊的一个理由是，公主平日从未有过如此粗暴的行动；然而比此更甚的理由是从箭洞的方向传来了男子的歌声，而她们的头脑里认定公主应该是听不到声音的才对呀。

　　　　予有所思在陆奥
　　　　心中恋情可相通
　　　　若不能见还不如
　　　　若不能见还不如

空空忘却命也终

只见望楼之下，那唱着歌的男子正是宫地小五郎。看得出来，他明显是为了叫万奈子公主看到，才叫了一个盲人乐师敲起小鼓，自己则一边唱歌一边跳舞。他的样子看起来十分认真，一点也看不出来是抱着戏耍的心情。

话虽如此，可小五郎真的觉得自己的声音能传到公主的耳朵里吗？他真的指望双耳失聪的公主能听到并理解自己的歌声吗？还是说，无论公主听到也好听不到也罢，只要把自己的心情通过舞蹈表现出来，让公主能够看到就好呢？然而不管小五郎的想法如何——

若不能见还不如

这句反复吟咏的歌词，的的确确传到了公主的耳朵里，并且她听到的同时就完全地理解了歌词的意思。

在这以前，公主一直都处在一种无法比拟的焦虑状态之中——虽然在梦中可以听到音乐之声，可一旦睁开双眼，她的耳朵就又会变得听不见。她不断地祈愿：能不能让梦境和现实反转过来，让现实中充满声音呢？这个心愿终于实现了，而且是借着心中所恋慕的男人的歌声实现的。公主心中的欢喜之情绝对非同寻常。

兰奢那失败的化魔术，竟然反过来产生了有利于敌人的结果。这可能是发生了某种奇迹吧，不过这也是凭人的智力无法窥视的另一个世界的事情，更何况，公主也不可能知道那件事情。

尽管突然间看到了公主的脸，但为了展示他那认真中的豁然大度，小五郎并没有停下他的歌舞。眼前看着这样的景象，万奈子公主渐渐被推上了欢喜的顶峰。很快，她的脸上浮现出恍惚的表情，整个人差点倒在地上，两位侍女急急忙忙从左右两侧接住了她。在稀薄的意识里，公主想：就这么死去也没关系了啊。当然，她没有死去。要想死去，她还得经历另一个考验才行。

这里附言一句，差不多从那以后，公主就不再做梦了。不，哪怕她还做梦，她也再不能品尝到在梦中听到音乐、心思恍惚的滋味了。

父亲鸟养弹正过世后，鸟养丹后介继承了家主之位，他开始无所顾忌，越来越沉溺于兰奢的美色。对于重臣们屡次三番的忠告，他也置之不理，无论如何都不肯迎娶正室，整日里只跟这个连身世都不清不楚的前白拍子艺人厮混在一起，对此感到不满的人并不在少数。

某个晚上，卧室之中，兰奢嘟囔了一句奇怪的话。

"殿下，近来几乎不怎么能看到小五郎的影子呢，就这么丢着不管可以吗？"

"这个啊，没什么所谓吧。听人家说，那家伙最近特别沉迷于田乐啊流行歌谣啊之类的东西。我看他大概是有样学样，想要赶上我吧？"

"这传言是真的吗？"

"哎呀，这还有什么好怀疑的吗？"

"明明是多亏了殿下的拔擢，才能一下子获得如此的身份，然而之后却毫不在乎地忘得一干二净，这十天里当值也不来，问候都没有一声，怎么想都不合适吧。以前分明隔三岔五就会露个面的。只能认为他是被殿下的宠遇弄得昏了头，所以傲慢得够呛了吧。更何况……"

"何况什么？"

兰奢的眼中闪过一道精光，嘴角浮现一抹讥讽的笑意。

"那家伙以前曾经调戏过我呢。当然，我委婉地把他推开，保住了自己的贞洁呢。"

丹后介立时勃然大吼：

"什么？！这是什么时候的事？"

"已经是很久以前的事啦。不过，要是和那家伙现在的野心比起来，这种事根本算不上什么大事呀。也真是怪得可以，小五郎竟然每天跑到望楼下面的腰曲轮去，就为了让耳聋的女人听一听流行歌谣。近来他就总对那听不见的耳朵起劲儿地唱歌，这可不是精神正常的人干的事呀。"

"这是怎么回事儿？别含糊其词，说得明白些。"

"这在城里可是无人不知无人不晓，恐怕还蒙在鼓里的只有殿下一个人了吧。倘若您觉得我所说的这些全是谎话，就烦请您明天早上亲自移步到望楼底下去瞧一瞧，箭洞里应该会露出一张雪白的面孔，还欢喜地往外看呢！肯定会把您错当成过去玩的小五郎。"

丹后介的脸色变得惨白了。

"你所说的这一位，是我同父异母的姐姐万奈子公主吗？"

"是的。"

"你现在所说的一切，你可以发誓不是谎言吗？不管你说的是真话还是假话，只要把'熊野牛王'烧成灰吞下去，马上就可以见分晓。这样也可以吗？"

"是的。"

此时已不可能再退缩了。如此回答后，兰奢的脸色也变得惨白。

不知何时，天已亮了，卧室的屋顶上传来粗暴的振翅声，还有鸟儿频频的哀号。

隔了一天的晚上，万奈子公主久违地做了梦。这是个教人惊恐的噩梦。

就像在以往的梦中一样，一开始无论是小五郎嘹亮爽朗的声音，还是敲鼓的声音，都是教人惬意并且强有力地充盈在公主的耳朵里。然而不知怎么回事，中途开始这声音就渐渐地变成了不可靠的、虚弱的调子，到了最后竟气若游丝，好像随时就要消失不见了似的。再低头看去，只见小五郎也是脚步左摇右晃，好像勉强才能站住不倒的样子，手中的扇子也掉落了。接着，声音突然一下断绝了。到底是小五郎的声音停止了，还是公主自己的耳朵又听不到声音了，公主自然是没办法知道怎么回事。她头上冒着冷汗，胸口呼吸困难，就这么睁开了双眼。

睁开双眼后，不同寻常地，丹后介派来的使者早早地出现在了公主的房间里。那是留着刘海儿、脸色苍白得叫人发冷的宠童，手上还抱着个大大的箱子。那箱子看起来很像一种叫作"大隅赤"的匣子——四个角涂了朱漆，上面还绘制着描金画——但这箱子又比那种匣子要大上许多，箱底也更深，设计上也是颇有唐风，下面则装着红色的打纽[1]。侍女接过箱子奉给公主，公主便将那精致的箱子接在手里，不知为何，她忽然感到一股悲伤袭来，身上汗毛直竖。

公主用颤抖的手解开红色的打纽，掀起盖子一看，只见白色的布上放着一颗刚砍下的人头，脸上带着苦闷的表情，眼睛吃惊地大睁着，剃了月代头上的头皮上一片青色——正是宫地小五郎的头。这已经不是她爱恋的男人，

---

1. 打纽，用三根以上的粗线交叉编织成的带子。

也不再是热衷权谋的武士，仅仅是与人间万物断绝尘缘的、单纯的一件 object[1]，仅此而已。

一见到心中恋慕的男人的头颅，万奈子公主当即便像发了热病一样全身战栗发抖，当天晚上就离开了人世。这便是她诈得梦境和现实的反转、实现了此生唯一一次恋情的代价。

作为正篇的补充，这里顺带记一下关于熊野牛王与兰奢的故事。

用不着多做说明，所谓的"熊野牛王"，就是熊野三社发行的一种护符，主要用于记录起请文[2]；另外到了中世的时候，人们相信将其烧成灰混在水里后叫人喝下去，如果是说了谎话的恶人，就一定会当即吐血而死。据《看闻御记》永享八年五月十九日条："愿阿[3]先书起请烧灰吞之，次沸汤之中取石，轻而取之。"似乎即使在所谓"汤起请"的裁判之中，也会将熊野牛王烧成灰，然后混在水里叫原告和被告喝下去。喝了之后，即便没有死，只要产生了不适感，这个人也立刻会被认为是有嫌疑的一方。

当时，在日本全国各地东奔西走、兜售熊野牛王符的，就是熊野的比丘尼，换句话说，也就是这篇故事中出

---

1. 物品，原文为法语 objet 的片假名，在现代绘画、雕刻中指为了获得怪奇的效果而使用的种种材料。
2. 起请文，日本古代向神佛祈求事情时，为了保证不打破约定，立下的类似字据的东西。
3. 愿阿，人名，《看闻御记》中记载的这段故事的主人公之一。

场的泡虫这样的女人。

如此看来，兰奢竟为着泡虫的缘故，整整吃了两回的苦头。第一回是进行化魔术的时候，第二回则是喝下熊野牛王符的时候。话虽如此，可无论哪一回，兰奢这一方都不能说是毫无过错旳。比如进行化魔术的时候，致命的一点就是她无视了泡虫的忠告，仅凭自己的决断，就贸然将脸上戴的面具从老妪面具换成了少妇面具。那么喝熊野牛王符的时候又是怎样呢？

兰奢大概是那种品性和想象力都阙如的女人，所以对于这位耳朵听不见的万奈子公主，竟然能不顾耳聋的情况听见宫地小五郎旳歌唱，她大抵是无论如何都不肯相信的。对于梦醒和现实可以反转之事，她大抵也是无论如何都不肯相信。虽然将此当成她的过错叫人唏嘘，并且她本人大概也没有说谎旳意愿，可在被丹后介硬逼着喝下了熊野牛王后，兰奢很快便哇的一声吐血而死了。

画美人

没有肚脐的男人仍在我的身体里活着。

——托马斯·布朗

　　大概是安政的时候，在江户的青山百人町里，有一栋和屋主人的身份颇不相称、饶为富余的屋舍，里头住着一位过着随心所欲的生活的年轻武士。说是武士，这位贵船七郎对于继承他父亲在幕府担任的显职却毫无兴趣，心里绝了仕途之念，所以无非也就是个徒有腰佩双刀的虚名、只等着继承家业的没落浪荡子。好在父亲对他十分宽容，于是七郎便一个人独占了父亲建在青山的别业，携着一婢一仆，息交绝游，倘有闲暇，便沉浸在种花泡茶、赋诗吹箫以及把玩文房四宝等消闲之趣中。七郎特别钟爱的一件事是饲养金鱼银鱼，他从下谷池之端[1]的金鱼屋里买来了大大小小数量繁多的人工繁殖的金鱼，将它们放在玻璃钵里，煞有介事地在屋子里养了起来。也正因为此，附近的

1.下谷，指江户下城区。池之端，临近不忍池的一片区域。

人们并不称呼七郎为贵船七郎，而是嘲讽地叫他作金鱼七郎。

虽说在那些住在江户山手的贫穷旗本[1]们之间，相比于换伞面[2]，他们确实更倾向于选择饲养金鱼这种体面的工作当作副业。可是对于这位纨绔子弟而言，卖金鱼之类的念头根本就没在他的心里出现过。

而且不管父亲请了多少次媒人过来安排相亲，七郎都一个一个地鸡蛋里挑骨头，横竖不肯点头。也曾怀疑过他是不是讨厌女人，可是据传闻说，在吉原游郭中央大街的茶屋里他有个相好，所以也就不能做此想。于是父亲的脸色越来越阴沉。尽管七郎还不至于被称为放荡无赖，他的行为也还没到肆无忌惮地破坏规矩的份上，可他那种活法到底十分让人怀疑，说不定哪一天他就会奔着那个方向去了。

这时恰好是黑船在浦贺[3]的水面上现身的时候，整个日本就像被捅了的马蜂窝似的乱纷纷，可七郎却觉得这些事和自己风马牛不相及，仍是我行我素地过自己的生活。

----

1. 旗本，日本江户时代的一种武士等级，他们直属将军管辖，俸禄一般在500到10000石之间。
2. 由于战争结束，很多武士、忍者失去了谋生之路，于是便从事更换伞面油纸的职业，其中尤以青山百人町的甲贺组技艺最为精湛。
3. 浦贺，位于日本神奈川县横须贺市东，位处东京湾的湾口，面朝浦贺水道。1720年出于海湾警备目的设置了浦贺奉行，并修建了炮台。19世纪初以来多次有外国船只从此入港。最有名的事件是1853年美国海军准将佩里等率领舰队驶入浦贺海面，史称"黑船事件"。

即便如此，七郎毕竟曾对兰学有过一知半解，透过这副眼镜他也曾眺望到了西洋，所以他也绝不是没有眼光、落后于时代之人。只要去一趟长崎，不是想看到多少黑船都可以吗？七郎便常常思量，甭管如何，总要去一趟传说中的长崎看看。

于是，就像是为了回应七郎那隐秘的愿望一般，某一天，一个不可思议的人造访了这栋位处青山的隐居所。那人年纪大约在五十岁上下，说是很早以前就是七郎父亲的挚友，还记得不少七郎小时候的事，不过七郎本人倒是完全没有印象。那人声称自己在崎阳¹住了十几年，其间埋头钻研兰学，直到前阵子才刚刚回到江户。听到这话，七郎心里豁然开朗，这么一说这人的眼里确实闪着异样的光。来人自报名号为松浦芳斋。待延至上座后，芳斋立即敏锐地注意到了金鱼钵。

"哟呵，这可是值钱的宝贝。真是漂亮的兰虫啊。所谓兰虫，一般写作'荷兰之虫'，也就是'兰之虫'，不过也有异说，比如宽延²年间，泉州境内的安达喜之所著的《金鱼养玩草》中，就有卵之虫也即'卵虫'的写法。要么是兰虫，要么是卵虫。哎呀，哪个都无所谓吧。说起来，这东西在荷兰语中是怎么称呼的呢？不才十几年间口

---

1. 崎阳，即长崎，江户时代的汉学爱好者和研究者们认为这样称呼较有中国风味，于是得名。
2. 宽延，日本的年号，指 1748—1751 年间。

操荷兰语、手写荷兰文，却对此全无印象，这岂不是怪事？会不会是金鱼虽然得了'兰虫'之名，实际上唐国才是金鱼的发源地，荷兰全然没有此物呢？"

这人真是自顾自说个没完没了，七郎脸上现出些许不耐烦的表情，一声不吭地听他口若悬河，结果芳斋却越来越得意忘形起来：

"在长崎某个富商的宅子里，不才曾经亲眼见到过一个罕见的玩意儿，那是用玻璃板铺成的格子天花板，里头注满了水，水里放上几条金鱼游玩，供人观赏。若有机会陪侍宴席，在下面抬头往上看去，便会看见锦鳞随着鱼儿的游动放出灿烂光芒，那般光彩夺目的美丽，实在无与伦比。如此珍宝，阁下也考虑考虑如何？"

七郎一边苦笑一边听着芳斋的话，不一会儿，便见芳斋掏出随身带来的印花布包袱，从里头摸出一卷画轴，爽快地在榻榻米上铺展开来。

这是一幅纸本设色的唐风美人图，笔法无疑系属清人笔法，虽然没有落款，但其运笔之神妙绝伦、傅彩之致密精细，绝对是叫人惊艳的逸品。至少在七郎看来，这画毫无疑问当属逸品。虽然长崎的土产店里，也有看上去很廉价的唐风画师的彩色图画，或者看起来不怎么靠谱的南蛮、西洋油画之类的东西，但那些和这幅画根本不可同日而语，这幅画的画风格调自成一体，与众不同。具体来说，这幅画中的美人栩栩如生，仿佛大朵的白桃花一般，映得周围一片春光明媚，将艳美得近乎异常的姿容投射在纸面上。触目的瞬间，七郎甚至觉得自己被图画中散发出来的不同寻常的精气击中了一般。

然而事实上，这不过是因为七郎生来就非常认死理，所以才产生了这种毫无道理的误判。这幅美人图其实并不是什么清人笔法，说不定就是在长崎土产店里要多少有多少的恶俗图画中的一幅而已。可哪怕真是这样，这也和七郎没什么关系——这也是认死理之所以成为认死理的地方。因为七郎眼中所见的乃是美人图中的美人，而这，绝不是这幅图的作者之流可以想象得出来的。七郎直接受到了画中美人的震撼，仿佛她竟是个充满生气的活人似的，仅凭一见便让他心生恋慕。作者什么的根本无关紧要，七郎心中急切地想：一定要把这幅画，不，是把这个女人据为己有。

好像看穿了七郎的心事一般，芳斋的脸上一下子浮现出逢迎对方的卑劣笑容：

"怎么样？凭阁下的高见，也看得出这是可以打包票的、绝无异议的逸品吧？从古时候的周硕开始，传承唐风技法的画师在崎阳就俯拾即是，可真要说到渡海而来的、地地道道的清人画卷，却是相当难寻，哪怕在唐国人的宅子里，若不托关系，也是碍难得手。"

芳斋略一停顿，接着便厚起脸皮，一本正经地对七郎说道：

　"这件东西我本来就是打算呈献给阁下，所以这才带了来的。当然，就这么留在府上走人，也是无妨的。只是……无奈不才刚刚移居到江户来，无论如何也需要一些能维持生计的东西嘛。要是阁下能给不才两包银子，让不才可以有点小钱养老，那可就实在是无上荣幸了。"

　两包银子也就是五十两。甭管他是要乘人之危，还是打算用花言巧语骗纨绔子弟上钩，这都实在是漫天要价得过分了。正想着这人突然跑到门上来是要干什么呢，原来这就是他的目的啊。表面上说得好听，实则不就是强买强卖吗？原本脾气就十分暴躁的七郎，这么一想，更是怒火腾地上了头，欠起身来就要对他破口大骂——等会儿等会儿，这样一来我总是受损失的那方啊。既然对方如此厚颜无耻、卑鄙下流地琢磨着在我这儿一本万利，那我不也得将计就计，反过来让对方跪地求饶才行吗？没问题，就这么办，七郎下定决心后，便装出若无其事的样子，一声不响地到偏房去，取了块大小合适的小绸方巾，将两包银子包好，交给了松浦芳斋，后者正因为事情进行得意外顺利而满脸笑容地搓着双手。好了，没必要再闲扯了，七郎像是要把厚颜无耻的客人赶走似的，把芳斋请了出去。

　客人刚一出门，七郎就立刻把一个膂力过人的下人招呼到了自己近旁。

　"跟上那个蠢货。现在暮色深沉，实在是运气太好了。去把他手上拿着的那个小绸布包好好儿地给我抢回来，不用客气，尽管从赤坂的堤坝上把他踹到河沟里就是。不会真的死人的。保险起见，可以先找块面罩把脸遮住。"

下人稳稳地提着刀飞奔出门后，七郎便坐立不安地走向客厅，又中途折返，在确认了周围确实再没有别人后，便将那副卷起来的画轴挂上了壁龛，一层层地展开卷轴后，却突然露出难以置信的表情：

"哎？这是怎么回事儿？"

只见画中的美人身影全无，空空如也，画卷上一干二净，只剩一张白纸。

七郎甚至忘记了燃起灯来，径自咬着唇陷入了沉思。那个自称是松浦芳斋的怪异人物，虽然装模作样地说自己在长崎研修兰学云云，实际上该不会是能玩天主教传教士那种妖术[1]的人吧？用画具在纸上描绘的图画，他甚至碰都不碰一下就能一瞬间消失无踪，除了魔法以外可再想不到别的可能性了。真要是这样的话，就凭自己派去的那个下人的手段，想必是无法对付他的。恐怕还会反过来被击中要害，落得栽入河沟里的下场。即便如此，毕竟好不容易遇到了个叫自己心动的女人，本想着作为自己独宠的艺伎的，结果一个春宵都未曾共度，就白白地失踪了，啊！实在是太遗憾了！

1. 日本天文年间，有一派天主教的传教士通过表演物理化学的实验吸引民众，作为传教手段，当时不懂现代科学的日本民众认为是妖法，把他们称为"切支丹天伴连"。这里仍用天主教传教士的称法。

正在这时，那个下人一脸泰然地回来了：

"老爷，为什么不点灯？天都已经黑了。"

七郎猛地回过神来：

"啊，你回来了。事情办得怎么样？"

"万无一失。老爷吩咐的那个小绸布包，就在这里了。"

"嗯。"

"那位蠢货先生也是怪可怜的，我已经按照您的吩咐叫他喝了几口池塘水，正好从葵坂的方向有两三个人走过来，我想应该很快就会有人把他救出来了。"

就这么着，五十两银子又回到了七郎手里。可尽管如此，在那之后的十天里，七郎不知道怎么回事，一直感到好像良心不安，又或者好像非常愤恨，又或者好像被骗了似的，总是郁郁寡欢，闷闷不乐。在某个空中漂浮着薄云的午后，七郎正卧在榻榻米上心不在焉地看着钵子里的金鱼时，听见下人吧嗒吧嗒地飞奔了过来。

"老爷，那个蠢货先生——"

"什么？"

"在离这儿很近的那个泰平观音堂门前的居酒屋里，正舒舒服服地在大白天喝着小酒呢！小的真真切切亲眼看到的。而且看样子，那家伙暂时还没有要离开的意思。"

尽管没有被对方抓住把柄，可毕竟十天前才刚刚把对方推到水里，还让他遭到众人的围观，就这么厚颜无耻地去打照面，七郎心里也不是没有顾忌。不过他还是心一横，趿拉着竹皮屐就出了门。他心里想：我可要好好瞧一瞧，这家伙到底会摆出什么样的嘴脸。

七郎分开绳帘径直钻进了居酒屋，往铺了三合土的地面上放着的空桶上一坐，只见松浦芳斋正一边用筷子戳着鲛鲢鱼的肚子，一边一点一点地把酒往嘴里送。七郎装着糊涂，故意用盛气凌人的口气说：

"松浦先生，您可真是会逗着我玩儿啊！前阵子，我花大价钱从您这儿买了幅唐风美人图，也不知道是怎么回事儿，还不到半个时辰呢，竟变成了光秃秃的一面白板了。你到底是玩了什么把戏？"

芳斋一声不响地往七郎面前的酒杯里倒了酒，又过了半晌，才迟迟开口道：

"把戏是没有什么把戏的，不过是名画中自有灵性而已。所以要是画的所有者配不上这幅画，那名画可能就不想留在那个人那里了。"

"什么？你的意思是说我——"

七郎面有愠色地开了个头，却见芳斋脸上露出讥讽的笑容：

"以前，大梁的韩干所画的马伤了脚，据说曾经自寻医者为其医治；吴郡张僧繇曾绘有天龙，据说龙龙交战竟引起风雨大作。当然本国之事也有此类，以前狩野元信 [1]

---

1. 日本室町时代后期画家，曾被授予"法眼和上位"（日本授予僧人的位阶等级）。

法眼曾在隔扇上绘有群雀，后来便飞走了一两只，如今隔扇上还留着它们的痕迹，想必这事阁下也有所耳闻。所以名画从所有者那里离开的事，就像我所说的这样，绝不是什么稀奇的事情。"

不过七郎也不是个肯轻易点头认输的。他一口气喝干斟满的酒杯，道：

"净是胡说八道。这种迷信传说，哪有一点能信的？你想想看，要是名画真的能招来各路神仙纷纷出动，这世上不就到处都是妖魔鬼怪了吗？一会儿麟凤在市井里嬉戏，一会儿龙虎在街衢上争斗，朝廷肯定忙着驱逐取缔都顾不过来了吧？百姓也是一样，应该有不少蒙灾受害的情况才是。这么一来，那画师不就是罪责难逃了吗？喂，这话你怎么回答？"

面对七郎怒不可遏的质问，芳斋仍是一副泰然自若的样子。

"名画确实能招来神仙。虽然听起来好像不可能，但就像金轮地狱的有无一样，阁下难道便可以断然判定其没有吗？恕不才斗胆直言，阁下难道不正是因为亲眼见到了这样的事情，所以才这样跑到这里来质问不才的吗？"

"那个事啊，我估计是天主教传教士的那类魔法吧？"

"竟然说在下是传教士？这可是头一回听说。"

芳斋笑得肩膀发颤，接着若无其事地一语正中要害：

"阁下想必还没忘吧？想当初，不才可是跟阁下约定用两包银子的价格出手画幅的。然而现如今，不才的手上却并没有这银钱，这显然和本来的约定是不一样的。画中美人之所以消失踪影，我想主要就是这个原因。要不要试试，再赏给不才两包银子如何？我想这样一来，也许画幅就能恢复原貌了吧。首先得有两包银子。不拿银子出来，说什么都是白扯。如果万一画幅没有恢复原貌，那不才甘愿把得来的银子立刻奉还阁下，这也无妨。"

这场比试，无论从哪个角度看都完全是七郎这一方大败。越是心里有亏，反而越是盛气凌人，这便是他已经大败的证据。既然抢回了已经支付的金钱，那么即便一一罗列出所买物品的缺陷，道理上也说不通。当然也可以无论如何只管装傻充愣，对于芳斋被抢走金钱一事死抵赖到底，可在这事上，七郎毕竟还是个做坏事的生手，反而是老奸巨猾的松浦芳斋的智谋更胜一筹。结果七郎只得再一次把松浦芳斋带到家里，又交给了他两包银子。实在是干了件大蠢事。

即便如此，芳斋所说的话却是不虚。当七郎重新把画卷挂在壁龛墙上，一层一层展开画卷之后，不可思议的事发生了，只见转眼之间美人的形象就在纸上浮现了出来，并且一丝不漏地恢复了本来面貌。

七郎呆若木鸡地盯着画卷。然而不一会儿的工夫，他便注意到这幅画和原来的那一幅并非完全一样。要说是哪里不一样，却也没有明显的区别，只是和之前的那幅画相比，的的确确笔势无神，而且可以清楚地看出是在用笔和傅彩上力弱而拙劣的作品。为什么呀？为什么呀？七郎心中纳闷，应该不是这个女人呀？

这么一来，便又觉得芳斋那副嘴脸实在是面目可憎、教人生气。最近这阵子，七郎心中狂躁的怒火无论如何都无法止息。他心烦意乱地看着钵子里的金鱼，也不知道怎么回事，竟然连金鱼也一副喘不过来气的样子，把好像是鼻子的地方探出水面，嘴巴也不断一张一合。无论如何，一定要和芳斋再见上一面，不质问清楚这幅画的秘密，七郎心里怎么都没法舒服。他从心里期待起来。

偶然的某一次，因为喜欢飞鸟山的樱花，七郎带着仆人跑到了府[1]内的最北边去。在回来的路上，临近傍晚的时候，他们信步走过了泷野川村一个叫平冢神社的冷清神社前面。突然，眼尖的仆人拉了一下七郎的袖子，于是七郎漫不经心地看了一眼前方稍远处正走路的男人。只见那人虽然乔装成一副神官打扮，可无论从体型看还是从走路的姿势看，都确定无疑正是松浦芳斋本人。主仆二人马上决定跟在他后面，待到快接近昏暗的参道之时，才开口道：

"喂，松浦先生。"

芳斋吓了一跳，转过头来，只见他脸上的表情，转眼

---

1. 府，这里应该指的是日本的一级行政规划。下篇小说中"府内府外"中用法相同。

之间竟和此前那张老练世故的骗子脸孔判若两人，变得傲然起来，甚至连他的讲话方式也带上了轻蔑的调子：

"有何贵干？那笔交易应该已经结束了吧？不要没完没了地缠着我。"

七郎不由得也顺着他变得拘谨起来：

"我只是想跟您打个招呼而已。我会到这里来不过是赏花顺路，虽说是偶然路过，可也确实有些事情想向您请教，万望您务必为我解释一下。自从前阵子在观音堂前的居酒屋里与您见面后，在我看来，那幅美人图与以前相比明显格调大为降低，说不准是染了俗气还是欠缺了生机光彩，总觉得变得十分不好看。请问这是什么道理？"

芳斋冷笑道：

"有什么道理不道理的，这不是非常理所当然的吗？"

"什么？为什么是理所当然的？"

"唉，真是个脑子笨的男人呐。既然你不懂，我就说给你听听吧。之前的那幅画乃是无价之宝，然而现在这幅画只能值两包银子，也就是不多不少五十两银子，正正好好五十两银子，不过就是这个价位的东西而已。之前的画和现在的画，怎么可能是一样的呢？《法华经》中也有所谓'无价宝珠'这样的词，由此可知无价才是第一等的、无边界的、无限大的珍宝。只不过现在这宝物已经没有了呀。"

七郎也激动了起来：

"可是为这幅画标价的，不是别人就是你本人呀？"

"呵呵，的确是我标价的没错。可不管怎么说，这画从我手里出去之后，就不知道成了哪里的野小子的东西，所以从我手里出去后染了怎样恶俗的污泥，我又怎么会知道？"

"哟呵，这样的话我倒要问问，画卷一旦染了恶俗的污泥，还有没有办法让它恢复成无价之宝？"

"即使有我也想不到了。"

"若是给它定价五十两的那个人，从这个世上消失了会怎样？"

"什么？"

"就是这样，认命吧！"

伴着一声大叫，七郎出其不意挥起刀，冲着打算逃跑的松浦芳斋斜肩砍下去，结果了他的贱命。其实他自己也并没有打算要这么做，但等他意识到的时候，就已经演变成了斩杀芳斋的局面。这一天的早上，浪荡子七郎少见地斜插了大砍刀出门，可以说这件事成了命运的分水岭，意外地导致了七郎将对方斩杀的结局。尽管七郎身体枯瘦，可毕竟身为武士，用剑的本事是错不了的。一见着血，那仆人便脸色发青，浑身战栗，倒是七郎冷静得过分。他甚至感到心中生出一种从容，足以让他确认一下周围没有他人的气息。他感到至今自己哪里发生了一点变化，他甚至有一种感觉，好像禳除了灾厄一般，或者是一口气突破到了一片广阔的地方似的——当然这大概是一种错觉吧。

　　回到家里之后，七郎立即举着手提烛台，仔细凝视打那天起一直挂在壁龛里的美人图——不，应该说是那位美人。

　　虽然当天晚上还看不出发生了多么大的变化，但随着日子一天天过去，宛如疾病眼见着痊愈一般，女人的神色也渐渐栩栩如生，明显有了恢复初见时那般艳美得近乎异常的姿态的趋势，七郎对此感到无上欢喜。如此这般，仅仅因为色泽，七郎就兴奋得手舞足蹈。女人的嘴唇对着七郎，好像眼看着就要说出什么话儿似的。七郎对这幅美人图的珍爱异乎寻常，其执念之强，竟至于睡觉的时候都要将画卷挂在枕头上，以便一边看着女人的面容一边入睡。

　　某个春意阑珊的晚上，七郎在书桌上一手支颐，心中推敲了一会儿后，作出了下面这首诗，并记录在了帖子的空白处：

　　　窈窕且妖娆，今春仅二八。
　　　艳颜如李花，蛾眉似纤月。
　　　朱唇点残葩，素手胜白雪。
　　　不须假铅粉，香腻自然洁。
　　　珠簪共金钗，鬓发发光彩。
　　　弱质缠轻罗，细腰垂绣绂。
　　　手携小团扇，袴下见锦袜。

嫣然生辅靥，盱睫欲恼杀。

妙画来精神，不识谁氏笔。

更怜去故乡，踏海求良匹。

图何宿世缘，冰人伴吾室。

西施沉五湖，太真死黄钺。

佳人如名将，不许见白头。

汝且在纸上，悍然守贞洁。

不老亦不衰，无忧且无病。

恨不共衾枕，伴我寻欢悦。

　　写完之后，七郎自己也感觉到自己对画中美人的超常执念有点滑稽，一个人暗暗地笑起来。

　　此时庭前桃李烂漫，已到了日暮时分，甘甜的香气弥漫在房间里，春风又暖得人肌肤熨帖，连月色也朦胧得恰到好处，此情此景实在是春宵一刻的最佳写照。

　　在七郎书桌的一旁，排着两三个方形玻璃钵，其中一个里面，有一条宛若穿着绯红衣裙的巫女似的兰虫，圆滚滚的，肥肥的，一边摇晃着一边费力地游动。鱼儿也一副快要睡着的样子，不过这东西即便睡觉的时候也是圆睁着大眼，所以仅凭一眼也不知道它到底是睡着了还是没睡着。七郎主意打定，便从书桌前站起身来，把先前从水渠里汲上来准备好的孑孓和线蚯蚓等投到钵子里。另外还将按照《金鱼养玩草》里记录的方子命侍女准备好的过了冷水的挂面啊，切得细细的又过了沸水的白鱼和生沙丁鱼啊，还有白煮蛋的蛋黄啊，统统都丢了进去。很快，鱼儿们就吃饱了，满足地现出要睡觉的样子来。

七郎回到书桌旁，将灯里的火挑了挑，慢慢地打开书本读了起来。所谓书本，在七郎这里当然指的是稗官野史、小说家言之类的东西。悄悄地，夜深了。

到了将近三更的时候，明明没有起风，壁龛里的画卷却晃晃悠悠地摇了起来，七郎偶然往画卷一瞥，却见那画中美人正从画中飘然抽离出来。

七郎自然是吓得一身冷汗。但在七郎吓得一身冷汗之前，美人已瞬间来到书桌旁边，在七郎的面前深深地低头行礼，同时嫣然地开了口。这一切都是在一瞬间完成的，所以这么写来便有些矛盾，但在七郎却是连好好吃个惊的工夫都没有。那美人如此说道：

"妾身不意来到府上，幸蒙大人宠遇，且容妾身与大人同居房中，不胜感激。前日身体暂染微恙，心中也曾忧虑不知如何是好，现今得以恢复本来面貌，也正是承蒙大人对妾身的深情厚意所致。如今，妾身更着实有感于大人诗章，不顾鄙陋之身，苦思冥想愿能沐浴于大人恩情之中。如若大人诗中所说并非戏言，万望大人能一直爱顾妾身。"

一口气说完这席话后，美人好像要遮掩红牡丹一般涨红的脸似的，害羞地低下了头。

七郎现在高兴到了极点，一句话也说不出。他拽住美人的手，一把将她拉到身前。这不是幻觉，眼前确确实实是有重量有香气的女人的身体。而且在那唐式轻罗下，这身体正因情热而发着烧。事已至此，就没必要急着上床了，首先最重要的是当场定下誓约，以便之后可以一次又一次地享受美好的长夜。为此，七郎唤来了侍女，命她去准备些美酒佳肴，然后对微微发出香汗的美人劝起了酒：

"说起来，还没问你是哪里生人？"

好像订立婚约一样，七郎忽然间换上了毫不客套的语调。

女子回答道：

"妾身闺名翠翠。父姓崔氏，乃是魏国崔季珪的后裔。先祖世代居住在金陵老宅，直到前朝咸丰初年，因偶遭洪贼之乱……"

"洪贼之乱是指什么？我心里一点概念都没有。"

"在那边可是了不得的骚乱呢。引起骚乱的是花县的洪秀全，他自称是耶稣的弟弟呢。"

"哈哈哈，这不是传教士的口吻吗？"

"什么？"

"没什么，我自言自语而已。好啦，翠翠小姐，请你继续刚才的话吧。"

"遭受洪贼之乱后，妾身一家离散，分崩离析，家人皆成了四方流寓之身。贼人将妾身掳走之后，认为奇货可居，便将妾身带到沪江，很快就狠心卖给了某个娼家。在那个娼家，又正巧遇到某个有名的画师来登楼寻欢，那画师见了妾身的姿容甚是欢喜，便将妾身画了下来，那之后妾身便在秦楼楚馆里成了热卖的头牌，然而妾身本就天生弱质，接客之事实在是不堪承受。于是半年不到，妾身就从那里逃了出来，幸得往返于沪江和九州间的海盗们救助，终于踏上了长崎的土地。在那之后的事就一如大人所知道的了。实在只能说是宿世的缘分。"

"嗯，这真是奇妙呐。"

七郎深受感动，对于翠翠越发感到怜悯，他将正喝到一半的酒放到一边，即席作诗一首，写在了诗笺上。其诗道：

茫茫九土暗云横，
独见崔娘出洛城。
谁计蓬莱留画舫，
碧桃花下遇文成。

读罢七郎的七绝，翠翠也莞尔一笑，援笔和诗一首，曰：

不堪块垒寸胸横，
吐作延长五字城。
菲才不惭比郑婵，

愿得小诗对康成。

　　远处传来第一声鸡鸣，看样子已近天亮时分，然而就这么去睡显然无论如何都不能忍受，两人心中又涨起一股新的情欲，就这么在天地殷殷而交接起来。过程中，翠翠甚而气息奄奄道："妾身先前也曾说过，妾身生就蒲柳之质，得蒙大人宠幸诚然欢喜，可如此下去怕是活不得了。难得精诚所至，得以在大人面前现形，若是因纵淫而轻易丢了这性命，可就不合算了。好啦好啦，就这么抱着歇息吧。"

　　虽然七郎觉得还颇有余裕，但另一方面，因为这颗新入手的宝珠实在是太水灵娇嫩，太闪亮耀眼了，所以从宝珠内部滚滚涌出的妙处也确实让七郎陷入了沉醉的状态。

　　两人紧拥着躺在床上，在稍事喘息的空档里，七郎的感觉终于从兴奋的顶峰冷却下来，注意到了一件至今为止都没有发现的事。有一种不知道是什么的馥郁的芳香，弥漫在房间里面。这芳香和庭前桃李的香气截然不同，是一种更高雅的香气。很快，七郎意识到这香气不是别的，正是全身湿漉漉的翠翠发出的汗香，这让他惊得目瞪口呆。

　　"你身上好像散发出特别好闻的香味啊，这是熏的什么香？"

　　"哪里呀，实在过誉了。妾身并没有熏什么香，这其实是妾身天生自带的体香。虽然很难为情，但是像这样一次又一次高潮、出汗的时候，这香味也会变得愈发浓烈。要是太浓烈了，连妾身自己也会感到有些太闷了呢。"

"嚯嚯，锦上添花虽然听说过，花儿一样香的女人却是难得一见[1]。这是特异体质咯？"

"讨厌啦，这种近代的专业词汇妾身不懂呢。"

七郎试着将鼻子凑到女人的腋下和肚脐附近，即便是隔着一层轻罗，仍有一种难以描绘的芳香升腾出来，证实着女人方才的话。尤其是脱下裙子之后裸露出来的下半身中心区域，仿如芳香的源泉，要是七郎不顾女人的羞耻抵抗，强行把鼻子凑到那附近的话，从那儿散发的芳香之气，几乎能让他神魂颠倒得昏昏欲醉。

"马上要到早上了，妾身也不得不回去了。明天晚上，妾身再来拜见大人吧。"

这声音在半梦半醒之间传到耳朵里，七郎虽然想集中精神，却感到实在精疲力竭，在近乎人事不省的狼狈状态中，七郎被用力拖到了深深的睡海之底。

到了第二天早上将近中午的时候，七郎猛地睁眼醒来，却见被褥中早已没了女人的踪影，而在壁龛里的画卷上，女人正带着若无其事的表情安然自处。在正午的阳光中，女人那张一清二楚的、一览无余的面孔几乎让人

---

1. 原文直译是：沉香佛像上镀箔这话虽然听说过，沉香做的女人却难得一见。沉香佛像上镀箔，意思是好东西上加好东西，这里为便于理解翻译为锦上添花。

生恨。

　　虽说七郎也才二十岁出头，但出入吉原[1]毕竟早已是他多年的习惯，和当地良家女子私通的事也多得数不过来，所以要说女人方面的心得，他自觉还算是有一些的。然而像跟翠翠初次同床共枕后的今天早上这般，带着一种舒爽的心情睁开双眼的经历，他却感觉从未有过。他感到心满意足，之前用尽的力量已经完全恢复，整个人脱胎换骨一般精力充沛，那感觉就像是从黑暗的睡海底部突然间啪地浮了上来，直冲到了正午的阳光中一般。就凭这精力充沛的身体，大概今晚也会干出和昨晚一样的事吧？七郎心中怀着这种预感，竟好像是在想别人的事一般。

　　能一而再再而三地重复却不感到厌倦的事也就只有房事了，以前七郎一直满不在乎地秉持着这样的看法。欢喜自然还是欢喜的，可是这种欢喜几乎同活着的欢喜一样，并不值得一提。不仅如此，正如不存在长生不死的人一样，闺房之乐本身也是有着自己的限度的。可是，如果有机会的话，七郎还是想亲自确认一下，在和翠翠往来的过程中，对房事的认识会发生怎样的变化呢？

　　每天到了夜里，翠翠就会从画卷中走出来，出现在七郎的卧房里。可到了白天，看着挂在壁龛里的画卷，又会不由觉得，虽然翠翠看起来好像一直都被收在近在手边的

---

1. 吉原，即日本江户时代的合法红灯区。

这张纸上，但实际上却是从非常遥远的地方竭尽了全力才终于到了这里似的，形容疲惫、气喘吁吁、一脸憔悴地立在七郎面前。虽然不过是在一张薄薄的纸面上用细细的线条和淡淡的颜色勾勒而成的画像而已，没想到这里面却有着意外的纵深，翠翠想要从纸面上来到外面的世界，竟好像必须得跨越相当远的距离。

"你今晚看起来也是相当疲惫啊，从画卷里出来，应该非常不容易吧？"

"不，并没有那么艰难，毕竟想着是为了来见大人您呀。"

关于这一点，翠翠绝不愿意说太多。

虽然本人一点也没有意识到，但翠翠确实可以说是天生的房事高手。对于她，七郎本不该有任何不满的，然而要是非说有哪一点让他不甚满意的话，那便是她总是非常谨慎绝不肯脱去轻罗这一点。

唐国的服饰不问男女，都是上装和下装分开的式样。下装为袴，也就是裤子。顺带一提，关于七郎的那首诗，其中"细腰垂绣绂"里的"绣绂"指的便是带着刺绣的丝绦，而"袴下见锦袜"中的"锦袜"则是指用锦缎做的足袋。在腰的四周飘飘摇摇地垂着若干丝绦，又从下摆很长的裤子下若有若无地隐约可见美丽的足袋，大抵便是描写这样的情趣吧。可是，翠翠哪怕是临到房事之前，哪怕是不得不脱去下装也就是袴的时候，也绝不将上装的轻罗脱去。即使是下半身给人看了，上半身也不肯给人看。虽然七郎很想完完整整地看到她全身一丝不挂的样子，但是对于七郎的这个心愿，翠翠始终都不肯答应。

越是不准看的东西反而越是想要看，人性大抵便是如此。于是七郎便屡次再三地在床上半开玩笑地劝诱翠翠：

"没什么好遮掩的嘛。不是有宽衣解带这个说法吗？可见一男一女若是亲密无间结为欢好，理所当然就要互相展露身体嘛，这可是天地自然之理呀。"

"即使如此，妾身还是会不好意思呀，仅此一点还请大人万万谅解宽容。"

"虽然说不好意思，可是除了我之外，又不会有别人看到呀。哎呀，不对不对。我竟然糊里糊涂地忘了，除了我之外还有在看着你的家伙呢。"

"啊？您在说什么呀？"

"你看看枕头旁边呀，不是有个圆睁着大眼睛盯着你的家伙在吗？"

"哎呀，好可怕！"

"哈哈哈，没什么可怕的啦，就是金鱼呀。"

的确，在枕头旁边的钵子里面，有一条胖乎乎圆滚滚的兰虫，也不知道是醒着还是睡着，就这么大大地睁着眼睛，朝着二人的方向，一动不动地漂在水中。

在七郎的催促之下，翠翠支起一只手肘，将枕头上的脸往后仰去，以一种勉强的姿势往金鱼的方向看去。腰附近立刻疏忽失守，七郎不失时机，立即把她的轻罗卷到了腹部以上。

"就是这么干！认命吧！"

"哎呀！"

伴着一声短促的尖叫，女人马上便要起身，却被七郎竭尽全力压住，并将轻罗继续往上卷到了胸部。熏人的香气扑鼻而来，灯火之下，胸部到腹部的雪白肌肤暴露在眼前——这是没有一点瑕疵、美而滑腻的肌肤。这有什么可不好意思的吗？只不过有一点异常：在腹部的中间，本应有的肚脐却并不存在。

好像看了不该看的东西一样，七郎立即一言不发地坐起来，除了将垂头丧气的女人紧紧揽到怀里以外别无他法。翠翠理好衣服，颤抖着肩膀轻轻啜泣。

稍稍过了一会儿，翠翠抬起脸，如此说道：

"不管是体香的事也好，还是这次的事也好，想必都让大人认定妾身是妖物一类了吧。大人一定也觉得讨厌了吧。已经没办法了。"

"什么呀，你这就是杞人忧天了。要说没有肚脐，迦陵频伽[1]也没有肚脐呀。这种小事，难道我会斤斤计较吗？自从得到你之后，我才知道闺房之乐有着无穷之妙，每个晚上都能收获新的欢喜。对于这样的你，我怎么可能

---

1. 迦陵频伽，又称妙音鸟，佛教传说中的一种神鸟，据说声音美妙，能念诵佛经。

会轻易抛弃呢？"

　　话是这么说，可是事已至此，这个晚上已经彻底毁了。翠翠越来越少言寡语，总是垂头丧气。七郎则到底是七郎，一边为了哄翠翠开心而不断地讲笑话，一边却自暴自弃似的把酒杯一个劲儿往嘴边送，不知不觉间酩酊大醉、人事不省，终于当场鼾声大作，连翠翠什么时候回去的都不知道。

　　在这个烂醉如泥的晚上，七郎未曾想竟在梦中见到了松浦芳斋。芳斋手上翻开一本不知是什么的横排的厚书，仔仔细细地讲解着：

　　"在说迦陵频伽没有肚脐是吧？原来如此，正是像阁下所说的这样呐。虽然脸是美女的脸，可毕竟是从蛋里生出来的一种鸟嘛。连那位西博尔德[1]先生也是这么说的哦，我可是在鸣泷塾认认真真地问过他的。"

　　纯属胡说八道，这么想着，七郎便不假思索放声喝道：

　　"少说这种没谱的话！"

　　芳斋狠狠地瞪了他一眼：

　　"什么？这话可不是没谱啊，从蛋里生出来的东西，统统都是没有肚脐的。这是动物学的第一步呀。阁下养的兰虫也是一样，它不是别名'卵虫'，也就是蛋里生出来

---

1. 菲利普·弗兰兹·冯·西博尔德（1796—1866），德国人，医生、植物学家、旅行家。曾于 1823 年抵达日本，并于 1824 年开设鸣泷塾传播兰学。

的虫吗？你想想看，卵虫有肚脐吗？"

梦到这里就戛然而止了。

到目前为止，七郎每天晚上都和翠翠尽享翻云覆雨之乐，每天早上都神清气爽地醒来——然而这个烂醉之后的早上却是惨不忍睹。七郎苦于宿醉，一整天都闷闷不乐。说起来，今晚翠翠还会像之前一样现身吧？

夜已深沉，七郎若无其事地进了茅房，立刻便听到屋子深处的壁龛方向传来扑通一声什么东西掉落的声音，七郎奔过去一看，原来是翠翠。此时翠翠刚好正从画卷中脱身出来，看样子似乎是精疲力竭，以至于当场倒地了。七郎将翠翠抱起，只见她面色发青，额上冒着冷汗，嘴唇痛苦地一张一翕。

"翠翠，怎么了？意识还清醒吗？"

听到七郎的声音，翠翠微微睁开眼，硬撑着从嘴角浮起一丝微笑：

"妾身是来向大人告别的。妾身如今身心俱已衰竭，已不能再继续沐浴于大人的爱河中。今晚能到这里，已是非常勉强。但是，只要能像这样再看一眼心爱的七郎大人，哪怕只一眼，妾身就可以今生无憾了。"

"说什么今生，你本来就是纸上的……"

"请不要这样说。一切都是因为妾身想见大人想得几欲发狂的念头，妾身因此念而生，也因此念而亡。"

话音刚落，翠翠的身体便从七郎的臂弯里离开，轻飘飘如球一般向空中浮起，就这么直直地吸到了画卷中。七郎茫然地看着，直到画卷上的画像眼见着越缩越小，影像也变得稀薄，终于连痕迹也消失不见。又过了一会儿，画卷上只剩下一个漆黑的洞，好像烧焦的痕迹一般。

据说从那以后，七郎兴致大减，断然不再饲养金鱼，连玻璃钵也一个不剩地统统砸了。七郎仿佛看破了什么一般，渐渐过上了纵情酒色的生活。

这个故事还有后续。

斗转星移，到了明治初年。在长崎，有个在丸山的花街柳巷寻欢的三十岁上下的男子，喝得酩酊大醉，半夜睡得迷迷糊糊，对陪宿的妓女乱嚷："让我看看肚脐！"结果引起了了不得的丑闻。到了第二天早上，男人向留宿的店里借了写有店名的蛇目伞，好像要到哪里去似的，向着春雨朦胧中郊外的风头山方向，左摇右晃地迈开了不稳的脚步。虽然已经身败名裂，也非复当年的翩翩少年，可这男人，毫无疑问正是贵船七郎。

在风头山的半山腰上，林立着黄檗宗的唐寺。若是登上山顶，便可以一眼望到长崎的港口；脚边正开着水仙；林间能听得到黄莺的鸣啭。这个地方或许是昨晚陪宿的妓女告诉他的吧。七郎来到了此处后，好像忽然间起了游兴，也不顾被雨淋湿，就向四处漫游了起来。很快，七郎进了山的深处，在那里看到了一间寺庙。这寺庙也同黄檗宗的一样，门上和堂上都涂着朱漆，只是凋敝得实在不成样子。在那堂的中央，奇怪地安置着一尊半裸的古旧铜卧佛。

在那附近有一只火炉，对坐着一位老和尚和一位小沙弥。七郎蓦然向他们一望，那老和尚便从衣服中间露出便便的肚腩，亮出肚脐来。小沙弥也亮出了肚脐来。不，不只是他们两位。仔细一看，那佛像也亮着肚脐，甚而罗汉天女、金猊木狮、龙凤龟鹤、神仙鬼怪等，为这堂内的空间提供装饰的几乎所有各种生物的像，全都亮出了肚脐。

七郎觉得奇怪，便去请教寺名，那小沙弥答说，此为太渊山一脐寺。

无论如何，七郎打算为这破寺的修缮出一臂之力，便将布施的钱郑重其事地放在了佛前，却见那一直横卧的佛像，眨眼间竟直起了身子，张开大口，哈哈大笑起来。接着老和尚也笑了起来，小沙弥也笑了起来。紧接着，从罗汉天女到神仙鬼怪的像，也各自抖着双肩，捧着肚腹，轩渠大笑，前仰后合。于是庙堂摇动起来，附近的山林里四方响彻。

七郎被吓破了胆，连滚带爬地逃出庙堂，只见寺院的门前，正等着一个待客的轿夫。又不是在吉原，这种地方竟能见到轿子，也真是奇怪。七郎感到疑惑，向那人看去，却见他也敞开衣裳，露着肚脐。催促之下，七郎不得已登上了轿子，只听那男人说道：

"请暂时把眼睛闭上，在到地方前可不能睁开哦。"

转眼间，轿子已如飞一般奔驰起来，七郎的耳朵里只能听到呼呼的风声。终于，男人的声音响起：

"到了。"

瞬间七郎栽了个跟头，翻倒在地，当场失去了意识。待他慢慢转醒，才发现四周一片漆黑，不过又总觉得这地方十分熟悉。七郎莫索着走了几步，一下子就明白过来，这里不过就是他十年前住过的江户的青山老宅。至于从丸山的妓馆里借来的那把蛇目伞，则被他十分珍重地夹在腋下。这可真是意想不到的长崎游学。

云母姬

在下谷广德寺前通称"沟店"[1]的地方，住着一个贫穷木匠的儿子，这一年刚满了十八岁，名字叫音吉。这个年轻人年龄虽小，但是相当能做工。所谓做工，当然和他父亲一样，是指木匠的工作。音吉天生便手腕灵巧，再加上有很强的研究热情，因此府内府外，无论何处，只要听说有有意思的修缮工程，他都会欣然前往。前阵子盂兰盆节七月十四日的时候也是一样，他听说河对岸葛西那边有个寺院，其大门是由一个名声响亮、技艺精湛的木匠建造的，便不顾暑热，一大早自己带着干粮，从长屋出门上了路。然而，音吉就像出了膛的子弹一样，从此再没有回家，也没有任何消息。音吉的父母大惊失色，召集了四邻街坊，敲锣打鼓地四处搜寻，但终究还是一点儿踪迹也没有。这就是神隐[2]了。人们纷纷传起了谣言，说音吉的失

1. 沟店，江户时代对浅草新寺町的俗称，有长远寺等寺庙，门前多有私娼。
2. 即"被神怪藏了起来"。在古代日本，当有儿童无端失踪，便会被认为是遇到了"神隐"。

踪肯定是遇到了神隐。

那以后过了差不多一个半月，有个和音吉住同一个长屋、关系特别好的男子到相州的江之岛去玩，结果竟然在弁天洞窟下面的稚儿之渊碰见了音吉，当时后者正一副灵魂出窍的样子，呆呆地立在那里。

"喂！你跑到哪儿去了？还在这儿装傻发愣呢！爸妈的担心也不管不顾，这么多天在外不回家，结果是溜达到江之岛这么老远的地方来了！你这厚脸皮的家伙！来，快跟我一块儿回去吧！"

听他说完，音吉开口道：

"这是哪儿啊？"

对方惊愕了：

"你说什么呐？别开玩笑啦。虽然还没到人说的扫除波那个程度，但是像这样波浪拍击着岩石的地方，一看就知道肯定是江之岛啊！那边，往伊豆的方向，不是能看到富士山吗？"

虽然听了这席舌，但音吉仍然没有从梦中完全醒过来似的，一副十分迷糊的样子，张着嘴发着呆。更奇怪的是，他的手里竟然紧紧地握着一把勺子。

总而言之，音吉被带回了下谷的家中，以音吉的木匠父亲为首的长屋众人全都围了上来，对他一通刨根问底。之所以演变成这样的局面，是因为从事情的性质上来说，这实在太离奇了。最开始的时候，音吉好像是打算把所有一切都藏在自己一个人心里似的，一副不情愿好好回答问题的样子，然而很快他就中途变卦，开始断断续续地回答起了人们的问题。

"我记得好像是说，因为你要到葛西那边去看寺门的木工手艺什么的，所以盂兰盆节七月十四日的时候，你就提着干粮出了门……"

"不对，不是这样的。不好意思我说了谎，其实那天我是直接去了柳岛的妙见菩萨那里。"

"什么嘛，原来是这样啊！听说是葛西的时候，我们简直一点儿头绪都没有。可要说是柳岛，那离这儿就相当近了啊。真是实实在在地被你骗了一把！不过这妙见菩萨平日里也没见你怎么信呀，你找他是要干吗呢？你有什么要许愿的事儿吗？"

音吉并不回答，只是换了个姿势，说：

"这话前后说反了，还是让我从头开始说吧。事实上，打从今年刚入夏的时候起，我就老在街上遇到同一个许愿和尚。"

"许愿和尚？你是说那种头上包着白棉布，到处去人家门口，一边摇着铃铛一边唱'葛西金町半田之稻荷'什么的那种要饭和尚？"

"对呀。也不知道是为什么，我从第一眼看到那个许愿和尚，就对他在意得不得了，或许就是某种预感吧。某个晚上，因为当天的工作意外拖延了，所以等吃完饭都已经差不多要亥时过半了，我急急忙忙地揣着手巾去赶小松屋的终场浴池——"

"小松屋就是镇上的澡堂吧？"

"就是在澡堂的板壁那儿，我凑巧又遇上了那个许愿和尚。说不定也不是凑巧啦，搞不好对方本就有这个打算，所以埋伏着等我呢。后来我才知道，那家伙名叫能登坊，是个来历不明的和尚。当时我吓了一跳，他就对着我说了这样的话。他说：早就见识过您那超越年龄的木匠手艺，所以我衷心地想把一件活儿拜托给您。前阵子在镰仓发生了一场前所未闻的大地震——"

"哎，咋没听说过这事儿呀！镰仓的大地震？这是啥时候的事儿呀？"

"哎呀，闭上嘴听我说好吗？等会儿我会解释的。总而言之，就是说'镰仓发生了大地震，祖师上人所住的草庵倒塌了，非常希望能得到您的帮忙。所以盂兰盆节七月十四日的时候，能不能请您带上工具箱，先到向岛去，然后沿着十间川到柳岛村的妙见堂来？拜托您啦！这件事，请不要对别人说……'大概就是说了这样的话。"

"怪不得呢。我就说你人不见了之后，怎么连你的工具箱也一起没了影儿，之前我就一直觉得纳闷儿，原来是偷偷带着工具箱跑了呀！你小子可真是脸皮厚得很呐！"

"对不起了。"

"然后呢？你就照着人家说的，带着工具箱和干粮，恬不知耻地往妙见菩萨那边去了？"

"是啊。那许愿和尚说的什么见识过您的手艺之类的话，不知不觉间就把我这自负的心给撩拨起来了嘛。毕竟我这性子，可是喜欢木匠活儿胜过喜欢吃饭呐。只要一被人表扬，我就无论如何都想要给人出一把力。"

"那都无所谓啦。我不能理解的是，为啥镰仓发生了大地震，你非得跑到柳岛的妙见菩萨那儿去？镰仓和柳岛，这方向不是差得离谱吗，啊？"

"所以说啊，我下面正想要说这个事儿呢，你们这左一句右一句老插话插个没完，我这话不就一点儿都往前推进不了了吗？行了行了，先把嘴闭上听我说吧。"

"明白了，那其他人就都别说话了，咱们仔仔细细地听你讲吧。"

早忘了交待，这个故事发生的时代是江户末期，准确说来，可以认为是嘉永年间的时候。

根据《江户名所图会》的记载，妙见大菩萨"位于川端桥对面一角，安于日莲宗法性寺，主佛来由不详。近世以灵验显著故，诣者常年不绝。堂前有灵树，名曰影向松。主佛初降临于此树之上，故又有星降松、千年松之称。据传，元和时将军尝至此地，改赐号为"镜之松"。为了躲过家人的耳目，音吉一大早就偷偷溜出了长屋，所以当他抵达妙见堂院内的时候，七月的日头还未到中天，恰到好处的暑热也尚堪忍受。然而即便如此，音吉还是一身大汗淋漓，这一定是他总归心里有愧，所以太紧张的结果。

他在院子里东张西望到处看了看，在当空直射的日光之下，却哪里也见不到那个许愿和尚的人影。虽说自己自顾自地一大早就赶了过来，可到了这里之后，音吉才猛然想起来，原来两人并未约定碰头的时刻。于是一直到太阳落山前，音吉都只能无所事事地在院子里绕来绕去，中午就一个人掏出干粮吃，还不得不打发掉漫长得让人厌烦的时间。然而即便如此，音吉仍坚定无疑地相信，那许愿和尚一定会遵守约定，一定会来到这里。不得不说，音吉在认死理这方面也是相当厉害。

终于，暮色渐浓，空中稀稀落落地亮起了星星，拜谒者的身影也几乎要看不清了，只见堂前茂密地向四方伸展枝叶的影向松的阴影里，突然闪出了那张记忆中的许愿和尚的脸。让人惊讶的是，他这一身行头并非平日里那个邋遢的要饭和尚的一套，而是穿着柿衣[1]，背着背箱[2]，头上戴着兜巾[3]，凛然一副山僧打扮。因为早先在草双纸[4]上看到

---

1. 柿衣，指在山中修行的僧人所穿的衣裳。
2. 背箱，游方之人所背的箱子，用以放旅途中所用物品。
3. 兜巾，指在山中修行的僧人所戴的一种小小的布头巾。
4. 草双纸，日本江户时代的一种通俗小说，配有大量图画。

过，所以哪怕是音吉也能马上认出来，这副模样正是过去的山僧。

"您真的来了啊，太感谢了。在下是以镰仓名越的猿畠为据点的木地屋首领，也是云母姬的亲眷，名字叫能登坊丹空。希望您能记得我。"

得到年长者如此郑重其事的问候，音吉一时张皇失措，只能一通慌乱地点头哈腰。毕竟，作为住长屋的木匠的儿子，音吉打出生以来，还从没有被人如此郑重其事地问候过呢。

这时，就见能登坊从脖子上摘下一串大的最多角念珠[1]，向着一旁耸立的漆黑影向松树顶望去：

"那么，接下来就得带您一起上路去镰仓了。仔细考察天象，看得出今晚的星星发狂般骚动不已，对于我们役使乘御来说，乃是意想不到的幸事。北辰尊星妙见大菩萨的加护，就在我们身上呀。怎么样，音吉，你也看得到吧？"

"啥？看到啥？"

"天空的一角，那勺子形状的七颗星星，你看不到吗？"

顺着能登坊手指的方向看去，音吉宛如落入梦境一般：

1.最多角念珠，也称伊良太加念珠，其珠子并非圆形，而是扁平角形。

"啊，看得到，看得到！"

"我们两人就要乘着它们到镰仓去呐。南无北辰尊星，请为我等降下七星。南无贪狼星，南无巨门星，南无禄存星，南无文曲星，南无廉贞星，南无武曲星，南无破军星，请为我等化作天翔之舟，速速渡过虚空。"

在看得呆若木鸡的音吉面前，能登坊开始不停地揉搓起那串大的最多角念珠。不可思议的事发生了，方才看起来还好像镶嵌在天上似的七颗星星，竟然顺畅地动了起来，摇了起来，一点一点地向下落。就好像能登坊用力揉搓的那串念珠上拴着看不见的丝线一般，七颗星星好似被这丝线牵着使劲儿往地上拉扯。每时每刻，七颗星星都在更接近地面，终于，它们一边如灯饰似的闪着光辉，一边静静地从天空落在了影向松的树顶上。那东西形如巨大的勺子，还发着光，换个角度看，有时就像某种壮丽的舟船，所以也可以认为是树顶上停泊着一条金色小舟吧。

接着，音吉便在能登坊的催促之下，非常自然地登上了松树顶端的那艘船。不过事后回想，那船空悬在那么高的地方，自己又没有翅膀，到底是怎么飞升到船里去的呢？可无论他怎么想，都完全没有印象，这实在是太不可思议了。

假设这舟船叫作星舟吧。这星舟载了两人之后，首先飞到了柳岛妙见堂上方的高空中，接着马上船头向南，往明月下波光粼粼的辽阔内海上空驶去。在右手边，可以看到佃岛的灯火，可以看到伊皿子的灯火，还可以看到刚刚落成的品川灯台和台场。至于那夜渔的舟火明明灭灭浮动的地方，大概是芝浦的海面附近吧。音吉从船边探出身子，生平头一次从上空俯瞰下界的景色，他怪稀罕地看着看着，突然感觉冷得后颈上寒毛直竖，想也没想就当场连打了三四个喷嚏。星舟乘云破风，以非常快的速度在海上疾驰，想必是冷的。

不一会儿工夫，他们就过了神奈川的海面，待到能看清鸭居村观音崎的船见番所的灯光时，星舟的航向往西转了个大弯。前方耸立着的极高的富士山，成了非常合适的路标。此时星舟已不是在海上航行，眼下铺展开来的乃是相州三浦郡的陆地。能登坊回头看向音吉：

"怎么样呀音吉？乘坐妙见菩萨的舟船感想如何？是不是比在地上乘龙还快得多？"

"是啊，非、非、非常棒的感觉啊，啊……啊……啊嚏！"

"要保重身体啊，要小心别感冒了。话说，工具箱没忘了带吧？"

"啊，我好好地带着呢。"

东西横穿了三浦郡后，星舟再一次来到海上，待到往稻村崎的方向能望见江之岛的影儿了，星舟的船头便猛地往下一沉，开始徐徐下落。从上空看到的江之岛，早已是万家灯灭，只是在静寂中沉睡着。岛上稍稍隆起的小丘上生着杉树，下降的星舟越来越近，差不多就要擦到树梢了。这时，音吉的意识再一次恍然中断。也因这个缘故，即使星舟很可能是停靠在了杉树的树顶，音吉也没办法确认这一点。音吉所能知道的，仅仅是当自己恢复意识的时候，星舟早已没了踪影，而自己则和能登坊一起，不知何时下了星舟，正在杉树的底下呆呆地站着。

"行了，走吧，明早之前无论如何得赶到猿畠呢。"

站在前面的能登坊迈开了脚步，音吉紧随其后，脚下的步子也自然而然地快了起来。从岛上稍稍隆起的地方，到地势低洼的地方，再向着被海浪冲刷的岩场，二人的脚步不停地向前。到了岩场，只见在断崖的阴影里藏着一个岩窟，空张着大口。在江之岛，这样被海浪侵蚀形成的洞穴并不罕见，这不过是其中之一罢了。却见能登坊毫不犹豫，朝那洞穴里大大方方地走了进去。

洞穴里面竟意外地深，从地底下越往深处走，越觉得好像没有尽头。更何况本来四周就漆黑一片，伸手不见五指，所以只能用手慢慢摸索着沿着墙壁前行。脑袋上方时不时还会有冰冷的水滴啪的一声落下来，被打湿的岩石变得湿滑得危险。可尽管如此，能登坊仍是好像走惯了这条路似的，头也不回，确定无疑地往前迈着脚步，以至于音吉动不动就被他落在了后面。大概走了能有半个时辰之后，音吉果然还是心里没底了起来：

"这儿是哪儿啊？走了这么久都还没有走到，由此看来，江之岛还真是相当大啊。"

他的声音含混不清，简直像不是他自己的声音似的，在洞穴之中嗡嗡地回响着。

能登坊笑了：

"不是呀，我们早就走过江之岛了。我们现在走的地方是镰仓的海底下面，大概就是七里浜下面一带吧。在我们的头上隔着一层厚厚的岩盘，从大洋上澎湃而来的惊涛骇浪正在那上面汹涌喧哗呢。接下来我的打算是继续穿过由比浜和材木座的下面，这样就从海底横渡了镰仓海，然后在小坪附近我们会慢慢地接近地表，最后从名越猿畠的井一口气爬到地上。怎么样，吓了一跳吧？"

"是啊。在江之岛和镰仓的尽头之间，竟然连着这样一条荒唐的地下通道，这可是做梦也想不到。话说，猿畠是哪里呀？"

"嗯，也难怪你不知道。说起来，猿畠这个地方，位置离镰仓的城中心非常远。从三浦到镰仓有一个必经之处，便是镰仓七山道之一的名越山道，而猿畠就是与名越山道的北面相连的山。过去，名越山道被称为'镰仓的后门'，乃是要害之地，而且那附近的山上，也多是人迹罕至的坟场，所以在其半山腰上开凿的高台或者布满青苔的五轮塔附近，总让人觉得萦绕着鬼哭啾啾的气息，也无怪乎大部分住在镰仓城里的御家人[1]之类的人，觉得这是个让人不喜欢的不祥之地。更何况，在这山上搭棚盖屋的只有木地屋的一伙，云母姬大人的亲眷而已。"

"那位云母姬大人是？"

"嗯，云母姬大人是早在八百年前就开始统领猿畠木地屋一伙的女主人。打从我知道云母姬大人，已经差不多快六百年了，但无论是六百年前还是现在，她的样貌都没有发生任何变化，现在还能看到她那世间绝美的容颜，除了稀奇之外还能说什么？而且说到底，我之所以选中了你，请你为这阵子在镰仓街头说法的上人重建被地震弄塌的草庵，并且和你一起到这里来，也是因为遵从了云母姬大人的指示呀。想必大人对那个到处自夸、号称上行菩萨化身的上人非常执着吧。"

"那个街头说法的上人又是？"

"嗯，这个街头说法的上人呀，怎么说好呢？有人说，他是个宣传邪法、蛊惑愚民、扰乱天下政道的疯和尚。也有人说，他是个唤醒一切众生、像活菩萨一样的大圣人。评价极其两极分化呐。我觉得很难断言哪边是对的，但只要云母姬大人捧他的场，那我就不得不对他尽忠效勤呀。站在我的立场上也实在是为难呐。"

---

1. 御家人，在日本江户时代，指的是俸禄在 10000 石以下、和德川将军家有直属关系，特别是家格轻低、不能面见将军的那种的家族。他们在战场上相当于下级士官，在平时则多承担下级官吏的职责。

　　说着说着，洞穴里的通道已渐渐变成了上行的陡坡，终于到了用力踩踏也十分困难的地步。这种情况下已经没办法悠哉悠哉地闲聊了。音吉提着沉重的工具箱，屡次三番滑倒在地，弄得满身是泥，上气不接下气地呼呼大喘，几乎是攀爬着往前挪。就这么在五里雾中走了三个时辰后，终于从黑暗的另一边射来一线火光。走近一看，原来是从头顶上垂直落下来的光。这里是一口枯井。看来当他们在漆黑一片的地下通道里赶路的时候，外面已经天亮了。

　　站在枯井的底下，音吉向头上仰望。只要出了这个洞口，那个传说中的别有洞天的猿畠终于就要展现在自己眼前啦。一想到这里，音吉便觉得心里猛然激动了起来。

　　音吉紧紧攀着绳梯，拼命沿着井壁往上爬，这时，他的心突然被一种无法言喻的感觉搋住了，就好像自己以前也曾陷入和现在差不多一样的状况似的。他觉得似乎真的有过这样的事，即自己想从类似的洞穴里往外爬，于是不顾一切地攀在绳梯上。这就是所谓的既视感。音吉也寻思，可能是因为经过一晚的强行军，整个人疲惫不堪、精疲力竭，所以就以奇怪的方式对身体产生了影响，唤醒了这种意识？但他又总觉得并不是这样。毋宁说，更像是从地下往地上走的过程中，激烈变化的气压对身体产生了微妙的作用，于是音吉的意识里发生了某种扭曲。

　　在爬绳梯的过程中，音吉忽然闭上了双眼。于是，他尚未见过的猿畠的景色，便在他的眼皮里面清清楚楚地浮现了出来。那是在很高的山上，近处有芒草在风中飘扬，远处能看到连绵的山脊，遥远的地方则是发光的海面。这一幅平静、寂寥的景象，不可思议地竟让音吉产生了怀念的感觉。

终于抵达了井口，当音吉的脸沐浴在迎面射来的强烈阳光里，不知道是不是因为一直紧张的心突然放松，他感到一阵头晕目眩，当场昏倒在了地上。

即便如此，在急速变得稀薄的意识里，安心的念头还是强烈地烙在了音吉的心上："啊，终于到了镰仓啊！"

"真可怜啊，累得够呛吧？暂时就先让他这样睡着吧。怎么样，云母姬大人？请看看这年轻后生天真无邪的睡脸吧，好像才刚刚满十八岁哦。"

当然，能登坊的这些话，音吉是不可能听到的了。

据说，从建长八年丙辰到文应元年庚申，在这满打满算的五年之间，镰仓接连不断发生了大大小小各种各样的天地异变，人们在极度不安中战战兢兢。试引《吾妻镜》[1]中关于天地异变的文字为例：

建长八年二月二十九日，"自昨日大雨降。午时洪水

1.《吾妻镜》，又称《东鉴》，参前注。

雷电。二日雨，至于今日。"三月十六日，大仓小田时家宅以东三条街以上"人家皆烧亡"。六月七日，"凡今年大雨洪水，殆越历年。又寒气不时，暑气不信。"六月十四日，"巳时光物现，长五尺余。其体初似白鹭，后如赤火，其迹如引白布。白昼光物，尤可谓奇特"。八月六日，"甚雨大风，河沟洪水，山岳大颓毁，男女多横死。"八月八日，"以先六日大风故，田园作物等悉损亡。"九月一日，因赤斑疮流行，大将军宗尊亲王[1]患病，同月十五日执权[2]北条时赖[3]、十六日时赖幼女皆被传染。

十月，改元康元。十一月三日，时赖罹患赤痢[4]。十一月二十六日，"寅时，名越烧毁。"十二月十一日，"亥时，右大将家法花堂前烧毁。北风烈吹，胜长寿院并弥勒堂、五佛堂塔，悉遭灾。"

翌年三月，改元正嘉。四月十六日，"月蚀，不正见。"五月一日，"卯时日蚀，不正见。"五月十八日，"子时大地震。"六月二十三日，"加贺法印定清，始行祈雨法"，其后大抵旱情更甚。七月一日，又有"炎旱之间，加贺法印奉祈雨事，至昨日满七日。"八月二十三日，"戌

1. 宗尊亲王，于1252—1266年间任日本镰仓幕府第六代大将军。他是后嵯峨天皇的长子，是镰仓幕府第一位皇族将军（亦称亲王将军）。
2. 执权，日本镰仓幕府的官职名，负责辅助将军统摄政务。自北条时政开始由北条家代代世袭，是幕府实际上的最高职位。
3. 北条时赖，镰仓幕府第五代执权。
4. 赤痢，即痢疾。

时大地震，有音。祠社佛阁，无一宇保全。山岳颓崩，人屋颠倒。筑地[1]皆悉破损，处处地裂，水涌出。其中下马桥边土地破裂，自其中火炎燃出，色青。"八月二十五日，更有"地震小动五六度"。而且九月四日，又有"申时地震。前月二十三日大动以后，至今小动不休止"，由此可见应该是相当大的地震了。

同年十月十三日，"入夜雷电霹雳至终夜。"十月十六日，"月蚀正见"。十一月八日，又有"大地震"。十一月二十二日，"丑时，若宫大路烧失"，并列举了九位受灾的御家人的姓名。

正嘉二年正月十七日，"丑时，秋田城介泰盛甘绳宅[2]失火，南风频扇，越药师堂后山，至寿福寺。惣门[3]、佛殿、库里[4]、方丈[5]以下，郭内不残一宇。以余炎故，新清水寺、窟堂并其周边民屋、若宫宝藏、同别当坊等皆烧失。"四月二十二日，"申时地震"。八月一日，"暴风烈吹，甚雨如沃，昏黑，天颜快晴，诸国田园悉损亡。"八月二十八日，"戌时，荧惑犯南斗第五星。同时大流星，长四丈余四尺，自乾至巽。"十月十六日，"巳时以后，甚

---

1. 筑地，指瓦顶板心泥墙的房子。
2. 秋田城介，指日本古代到中世时期专门管理出羽国秋田城的国司。正文所引期的国司为安达泰盛，故称秋田城介泰盛。甘绳为地名，大概范围在镰仓市玉绳地区。
3. 惣门，指禅宗寺院的前门。
4. 库里，指寺院僧侣居住的场所，也兼指寺院的厨房。
5. 方丈，即寺院住持的居住场所。

雨洪水。屋宅流失，人溺死"，又"子时月蚀，不正见。"
十二月十六日，"寅时地震。巳时雷鸣至于数度。"

　　翌年三月，改元正元。三月十四日，"日色赤"，十五
日也有同样记载。三月二十五日，"卯时一刻大地震"。

　　翌年四月，改元文应。四月二十九日，"丑时，镰仓
中大烧亡，自长乐寺前，至龟谷人屋。"六月一日，"疾风
暴雨，洪水，河边人屋大底流失。山崩，人多为磐石压
死。"八月五日，"甚雨。申时大风，人屋多破损。戌时风
休，地震。"接着八月七日，大将军宗尊罹患赤痢。[1]

　　从以上摘录的文字可以看出，的确如日莲上人在《立
正安国论》[2]里所言，古代经典[3]中所说的三灾七难里的大
多数都已经在现实中发生了，尚未发生的只有"他国侵逼
之难"和"自界叛逆之难"而已，这是通过单纯的减法运
算便可得出的结论。值得注意的是，日莲上人的预言，并
不是基于已经多次发生灾难后的某种可能性进行论述，而
是基于任何事都还没发生时人们对未知事物的恐惧展开论
述的。

---

1. 因为本段引文较长，所以不字字按《吾妻镜》原文，而是根据中文习惯
略做修改。
2.《立正安国论》，是日本和尚日莲上人创作的一篇长文，于文应元年即
1260 年呈献给当时的幕府最高权力者北条时赖。全文以主客对答的形式，
表达了日莲对当时国家形势的看法以及对执政者的建议。
3. 据《立正安国论》，提出"三灾"的是《大集经》，提出"七难"的是
《药师经》。

　　建长五年的时候，三十二岁的日莲上人从安房乘船到达米浜，自三浦的街道进入镰仓，先是在名越的松叶谷建造了一座小小的庵室。每天，日莲上人都会从这座庵室出发，到幕府附近的小城夷堂旁边去进行街头讲法。《吾妻镜》中所记正嘉元年八月二十三日大地震的时候，日莲上人很可能已经在松叶谷了。因为突然开始地动山摇是在戌时（晚上八点左右），所以这时间他应该已不在小城里进行街头说法。《立正安国论》开头所言"自近年至近日，天变地夭，饥馑疫疠，遍满天下，广及地上。牛马毙途，骸骨充路"，这般恐怖的叙述，若非经历了这场大地震，肯定是写不出来的。

　　我们可以充分想象，当音吉亲眼见到镰仓的惨状时，他该有多么震惊。他和能登坊一同自江户出发到达镰仓，应该已是文应元年七月的事了，但即便当时，三年前那场大地震留下的伤痕应该仍鲜活地残留在镰仓的各个地方。确实，连松叶谷的日莲上人都还没能重建他的庵室，只能在一间掘立柱式小屋里暂避雨露而已，正因为是这种状况，所以才特地从江户把音吉叫了过来。不须说，抵达猿畠的第二天，音吉就马上动身前往松叶谷，又是刨板又是钻孔，叮叮当当响个不停，一个人手忙脚乱地开始了修缮工作。从家里带来的木工工具到这时终于派上了用场。

　　在日莲上人这时期的弟子之中，以最早入门的弟子——四十岁的弁阿阇梨也就是日昭为首，有当时十五岁

的吉祥丸日朗、当时十四岁的伯耆公日兴，以及幕府的御
家人如四条金吾赖基、进士太郎善春、荏原左卫门尉义
宗、池上宗仲、工藤吉隆等一干人物。其中尤其是吉祥丸
和伯耆公这两位少年，他们有着少年特有的强烈好奇心，
所以当他们在松叶谷的修缮场上，看到和自己年纪相差无
几的音吉，操着他们见也没见过的竖拉锯呀台式刨子呀，
转眼之间就把工作有条不紊地做了下去时，便当场瞠目结
舌。在那个时候，哪怕想做一块板子，也非常麻烦，首先
要用凿子在一块大木材上切割，然后再用斧头完成收尾。
所以，使用竖拉锯和台式刨子会被看成像懂魔法一样，也
并不奇怪。有一天，吉祥丸非常激动地说：

"喂，你用的这些可真是厉害的文明利器啊！你好像
是从猿畠过来的吧？在那种山里面，技术这么发达啊。"

音吉没有停下干活的手，对少年的问话也只是笑而不
语。他倒也不是刻意要回避什么，只不过实在不知道该解
释什么，也不知道该如何解释为好。顺带一提，在日本，
竖拉锯和台式刨子得到广泛应用，是室町时代以后的事。

尽管还很年轻，但音吉的木匠手艺精湛得叫人惊恐，
这样一个人物的突然出现，使得之前一直无法顺利推进的
上人草庵重建工作终于开始向着完成的方向一路突飞猛
进。以四条金吾为首的镰仓信徒檀越们听说这件事后，也
争先恐后地开始为工事献上财物。所谓檀越，可以认为是
当时给和尚们提供资金的赞助者。这么一来，松叶谷的新

庵室便以超越想象的速度，在音吉抵达镰仓之后的仅仅十天时间里便迅速竣工了，这般神速实在难以相信是人所能做到的。日莲上人握住音吉的手，喜极而泣道：

"音吉大人，我要衷心向您表示感谢。虽然您的外表仍是凡俗之身，但老僧非常明白，您所做的这些工作，也是为无上妙法献上了一身啊。"

音吉是个和信仰几乎不沾边的江户手艺人的儿子，对于日莲上人这番千恩万谢的话，他也完全听不懂是什么意思，但是他多多少少还是能明白，这是对他那自称比吃饭还要喜欢的木工手艺成果的感谢，所以他的感觉也还是很不错的。

然而，对于那些对日莲及其信徒们抱有敌意的家伙来说，这个不知道从哪儿突然冒出来的、以不似人力的神速眨眼间就把草庵建起来的、来历可疑的小毛孩子，只不过是个阴森可怕、满身疑点的家伙。哪怕是在修缮的过程中，他们也要一会儿来委婉地探探音吉干活的样子，一会儿来打听音吉的出身。每到这时，负责应对的直性子日昭就会蹙起眉头。虽然他们问出来的都是一样的问题："那就是从猿畠来的家伙吗？"但是从这话里头，明显可以捕捉到轻蔑的味道。

说到文应元年的夏天，恰巧便是日莲刚刚向最明寺入道时赖[1]奉上《立正安国论》之后。就算没有这件事，将日莲看作眼中钉的念佛者们也早已愤怒如火上浇油一般，这件事发生后，火焰就腾地蹿了起来。执权北条长时[2]的父亲极乐寺入道重时[3]是在幕府中隐然拥有势力的老人，他是出了名的念佛狂热，对时赖也毫无一点顾虑，是对日莲及其一派进行攻击的急先锋。根据史书记载，八月二十七日晚上的松叶谷法难，其幕后黑手便是重时。或许是如此迫害日莲的报应，不久重时便在厕所看到了妖怪，那以后几乎每晚苦于癔症，终至病死[4]。

不管怎么说，我们现在得讲讲八月二十七日晚上的故事。这时候音吉怎么样了呢？

修缮的工作老早就完成了，镰仓值得看的地方也大部分都看过了，所以音吉最近便打算叫能登坊再把自己从猿畠送回江户去。于是，他向日昭流露了这样的想法，如此便有了聊表寸心的送别宴席。当夜，就在新落成的松叶谷庵室内，在日莲、日昭、吉祥丸、伯耆公的陪伴之下，音吉正襟危坐在了食案前。进士太郎和能登坊受到邀请，也同席列座。

在这个地方爬上后山，可以透过掩映的树木看到材木

---

1. 最明寺入道时赖，即北条时赖。
2. 北条长时，镰仓幕府第六代执权。
3. 极乐寺入道重时，即北条重时，是第二代执权北条义时的三子，在幕府历任要职，是辅佐北条时赖、主导幕府政治的重要人物。
4. 重时见到妖怪是法难第二年的六月，病死是在十一月。

座的海，这个季节本也该是蝉声鼓噪不停的。然而此时此刻，不仅蝉鸣断绝，风也一时停了，大开的纸拉门外，暮色在步步紧逼。

在音吉的食案旁边，此时正放着刚刚从日莲上人手上拜领的饯别礼，也就是上人亲笔书写的法华曼荼罗[1]的卷轴。虽然对于音吉来说，这礼物并不怎么值得感谢，但是在江户城里毕竟有很多法华的信众，尤其是那位让音吉心怀淡淡恋情的附近商家的新娘子，她可是一位虔诚的法华信徒，所以音吉便寻思着，等回去之后要不要就送给她呢？

这时候，一道让人目眩的白影冷不防从纸拉门间闯到了宴席上，抓起曼荼罗的卷轴就向外逃去。众人大惊之下定睛一看，却原来是一只约莫五尺大小的白猿。

音吉立刻站起身来，接着吉祥丸和伯耆公也站起身来，大家一齐跳下外廊。就连日莲上人也翻飞着木兰色的袈裟下摆，身手灵活地从廊柱间来到外面，借着光亮朝庭院的方向看：

"在这名越山上，猿猴倒也不稀奇。虽说是个捣蛋的家伙，老僧却觉得很是亲近呢。嘿，看我把它抓回来！"

---

1. 法华曼荼罗，即用图画、梵文、汉文等表现《法华经》中世界的一种图像。日莲书写的法华曼荼罗是对应末法时代，将《法华经》后半十四品中登场的如来、菩提、明王等用汉文、梵文书写出来的文字曼荼罗。传世的日莲手书曼荼罗共计约 127 幅，最早的一篇写于文永八年即 1271 年。

日莲趿上草履，一下子冲向庭院。三个少年则光着脚，觉得很好玩儿似的跟在上人身后。

当晚没有月亮，然而因为这猿猴怪异地全身皆白，所以哪怕晚上看起来也很显眼，不管它往哪里跑，都不用担心会跟丢。而猿猴也仿佛知道这情况，简直像要戏弄人类似的，逃逃停停，停停逃逃。"那边！师父在那边！""在这边！"四人这样叫着到处追赶，不知不觉间已出了庭院，迷失在了后山的深处。

猿猴并不只有一只。最开始他们还以为是眼花了，然而看上去极为相似的全身皆白的猿猴，确实这儿一只那儿一只，同时出现了好多只。这么一来，究竟是哪一只猿猴拿走了卷轴就完全不知道了。

"这猿猴，还真是叫人头疼呐。"

连日莲上人都服了输，这时，却听见从山下草庵的方向突然传来很多人叫喊的声音。一种不寻常的预感袭来，众人回头一望，只见草庵的一角已燃起一条火舌。众多的火把在黑暗中左右摇动，火星飞散，浓烟飘扬，一个接一个向着草庵投去。很快火势打着卷儿蔓延开来，火光甚至照亮了夜空。不言而喻，这是念佛者们发起的火攻。

很快，日昭、进士太郎、能登坊从山下急匆匆赶过来。众人表示，虽然不忍心放弃刚刚建成的庵室，但是现在已经没有办法阻止火势了，而且要是被发现救火肯定会被打死，所以为今之计只能暂且顺着山走，逃到安全的地方再说。多亏了猿猴，上人他们才在千钧一发之际躲过了暴徒，没有被发现。

看到火舌的瞬间，音吉就脸色大变，想要奔出，好容易才被能登坊抱住。这个十八岁的少年当场扑倒在地，撕心裂肺地发出悲痛之声：

"啊啊！啊啊！这是我头一回，没靠任何人，就我一个人造的房子啊！刚刚才造好，就被人一把火烧了啊！"

一行人被几只白猿前后护卫着，一边扒开茂密生长的夏草，一边顺着山脉，从山谷到山脊，再从山脊到山谷，在连路都没有的斜坡上奋力前行。他们的目的地是猿畠。虽然在《吾妻镜》元久三年二月四日条有"晚及将军（实朝）家，以览雪故，御出名越山边"这样的记载。但其实名越山是相当大的。而从松叶谷到猿畠之间的一段路，在名越山里也怕是要算最难开路的，所以绝不是什么悠闲自得的赏雪之路。尤其此时已是晚上，要是没有白猿在前面引路，就凭日莲一行人，能不能全须全尾地抵达猿畠，都是个大问题。

一行人抵达猿畠后，突然之间，竟见众白猿转身脱掉了身上的白色皮毛，从里面露出了人类的脸和手足来，这使得众人惊讶至极。原来，这些人刚刚就是在头上戴上包头的毛皮，在山中像风一样狂奔。然而，知道这秘密的好像只有能登坊，可以推测大概是他暗中给别动队下了命令吧。这支别动队纯粹由猿畠人组成，目的便是保护日莲上人的人身安全。

猿畠的百姓里，有很多人住在露出地层的切岸[1]下的岩穴里，或是住在那附近盖的小屋里，在各自的小片土地上耕种豆子或谷物，过着和古时候一样转盘制陶的生活。日莲上人在这里轻松地过了几天之后，说："虽然我心里也不是没有遗憾，但是现如今再想在镰仓弘扬教义怕是已不可能了。岂止是杖木瓦石相加，现在竟是连火把也丢了过来。老僧想，暂时还是先到下总中山的富木常忍之馆去寄身吧。怎么样？你们也要一起来吗？"

"师父，请务必带上我们！"

吉祥丸和伯耆公两颊泛起红潮，几乎是异口同声地回答。

那么要从镰仓出发往下总中山去，走哪条路最为便利呢？比如沿着之前日莲上人从安房乘船到镰仓来时的路径往回走，经由名越山道横穿三浦郡，再从米浜乘船离开，这的确是一个办法。或者从相模海直接乘船离开，这也是一个办法。可是考虑到想要上人性命的那帮家伙正在镰仓摩拳擦掌，这两条路径都太过引人注目，实在是太危险了。看来无论如何，最好的选择就是从猿畠钻入地下道，在江之岛钻出，接着在江之岛借星舟一跃腾空飞向下总，也就是沿着音吉从江户来时的路往回走。众人如此商定

---

1. 切岸，人工将斜面切成断崖，以防备敌人从斜面进攻山城的一种防御机制。

后，便决定由能登坊把他们送到目的地去。

终于到了出发的日子，吉祥丸和伯耆公向音吉伸出手，道：

"咱们好不容易才成了朋友，却马上就要分别，这真是太遗憾了。虽然相隔甚远，但我们都不要忘了彼此。你且在木匠的道路上日益精进吧，我们也会在法华禅定的道路上如此。"

却说被一个人丢在猿畠的音吉脸上浮现出不满的神情，一时间心里有点迷糊，但接着便越想越觉得一肚子火。明明自己为了他们那么努力干活，结果一旦用完了就把自己扔到一边，想都不想就走人了，这叫什么事儿？而且要说上人和弟子们没办法也就算了，竟然连那个游说自己还把自己拉到镰仓来的本尊能登坊，都忘了该对自己尽责到最后，这不是很过分吗？虽说是自己喜欢才接的工作，可不说给谢礼也就罢了，把自己送回江户去这点关照至少总该有吧？

对了，他们应该还没走太远，现在开始追的话应该还能追得上。我也要和他们一起从江之岛乘着星舟出发，甭管是去下总还是去什么地方，总之跟着他们去他们要去的地方就是了。就这么干吧。

音吉一溜烟跑了起来，找到个看起来眼熟的井口就跳了进去，沿着绳梯就往下爬。当初往上爬的时候，明明产生过那么奇妙的胸口憋闷的感觉，然而如今往下爬的时候却并没有什么特别的感受。当初过来的时候明明在坡道上滑倒跌跤弄得满身泥水，现如今却觉得这路没什么了不起。于是音吉猛然醒悟：原来如此！我来的时候不是带着沉重的工具箱嘛！不过那工具箱也不幸在松叶谷的大火中被烧了。等回到家后，想必老爸会大发雷霆吧？但这也都要怪能登坊。

在黑暗的洞穴中，音吉一边用手摸索着，一边奔走如飞，但直到终于看到出口的光为止，一路上他都没有遇到日莲上人一行。自己还真是慢了一步呀，音吉不由得想道。然后，他就漫不经心地打算从洞穴的出口钻出去，结果瞬时被一种强烈的冲击裹挟了全身。虽然眼睛看不到，但是他感到空气好像非常厚实地凝结了起来，想要通过那里必得要非常努力才行。待到音吉终于钻出来的时候，他已经精疲力竭，摇摇晃晃，连要保持站稳不倒都非常费劲了。

音吉就这样来到洞穴外的岩石上，猛然倒下，短暂地打起了盹儿。待到他再度睁开眼睛，时间已到了晚上。他忽然往天上看去，结果便发现了某个异样的东西。在小岛微微隆起的小丘上，可以看到已变成一团黑影的杉树，而在杉树的树顶上，悬浮着一个勺子形状的发光物体，微微哆嗦似的抖动着。

"是星舟！这样下去可不行呀！"

音吉腾地一跃而起，本已疲惫不堪的身体也振奋起来，向着小丘之上就跑了起来。等到他赶到杉树下一看，只见星舟还停在树顶上，单调地发着青白色的光。他试着"喂！"地大喊了一声，然而并没有得到任何回应。虽然音吉很想赶快乘上星舟，但是对于怎么样才能乘上他却一点想法也没有。这么下去可就要像《E.T. 外星人》里的小外星人一样被抛下了呀！音吉怀着拼死的念头开始爬起了杉树。

还差一点点手就能碰到星舟了。还差三尺，两尺，一尺。看，我抓住了！就在音吉这么想的瞬间，他从杉树的树顶砰的一声跌落在地上，当场失去了意识。待他再度恢复意识之后，却发现自以为抓住星舟的右手上，紧紧地攥着一把勺子。那勺子也无甚稀奇，不过就是用来舀汤羹的那种木制的勺子而已。

音吉漫长的故事终于结束了，然而一时之间，长屋里的众人却没有任何回应，连一声也没有人吭。终于，有一个男人犹犹豫豫地开了口：

"话说，你说的这个故事里，提到过一个猿畠的云母姬大人，我没记错吧？"

"嗯，是有这个人。"

"关于这个女人，不知道为啥，你好像讲得不怎么多呀。就是说，那个叫云母姬大人的，依你看来，到底是个啥样的女人呀？"

"这个嘛，我在猿畠的日子里，终究是一回也没能见上她呀。"

"真的吗？喂，你可别蒙我们啊！"

"没蒙你，真的啊，真的是没有见到啊。说不定，根本就没有这个女人呢，毕竟我也只是听能登坊说的而已呀。"

于是，至今为止一声未吭的音吉父亲开了口：

"太好了，那种女人，幸好是没见着啊。"

于是，长屋里的众人发出了哄堂大笑。

附 记

　　正如正文中已经谈到的,《梵论子》和《画美人》两篇故事中所引用的汉诗,皆为从石川鸿斋所著《夜窗鬼谈》中所借用的,特此说明。

图书在版编目（CIP）数据

狐媚记/(日)涩泽龙彦著；夏言译. -- 成都：
四川人民出版社，2020.1
ISBN 978-7-220-11557-8

Ⅰ.①狐… Ⅱ.①涩… ②夏… Ⅲ.①短篇小说—小
说集—日本—现代 Ⅳ.①I313.45

中国版本图书馆CIP数据核字(2019)第247436号
NEMURI HIME by TATSUHIKO SHIBUSAWA
© RYUKO SHIBUSAWA 1998
Originally published in Japan in 1998 by KAWADE SHOBO SHINSHA Ltd.Publishers
Chinese（Simplified Character only）translation rights arranged with
KAWADE SHOBO SHINSHA Ltd.Publishers,TOKYO.
through TOHAN CORPORATION,TOKYO.
本书简体中文版版权归属于银杏树下（北京）图书有限责任公司。

四川省版权局
著作权合同登记号
图字：21-2019-561

HUMEI JI
狐媚记

著 者	〔日〕涩泽龙彦
译 者	夏 言
选题策划	后浪出版公司
出版统筹	吴兴元
编辑统筹	梅天明
特约编辑	许明珠
责任编辑	熊 韵
装帧制造	墨白空间·杨 阳
营销推广	ONEBOOK
出版发行	四川人民出版社（成都槐树街2号）
网 址	http://www.scpph.com
E - mail	scrmcbs@sina.com
印 刷	北京天宇万达印刷有限公司
成品尺寸	130mm×185mm
印 张	7
字 数	130 千
版 次	2020 年 1 月第 1 版
印 次	2020 年 1 月第 1 次
书 号	978-7-220-11557-8
定 价	36.00 元